# なぜスナフキンは旅をし、ミイは他人を気にせず、ムーミン一家は水辺を好むのか

横道誠

集英社

JN201349

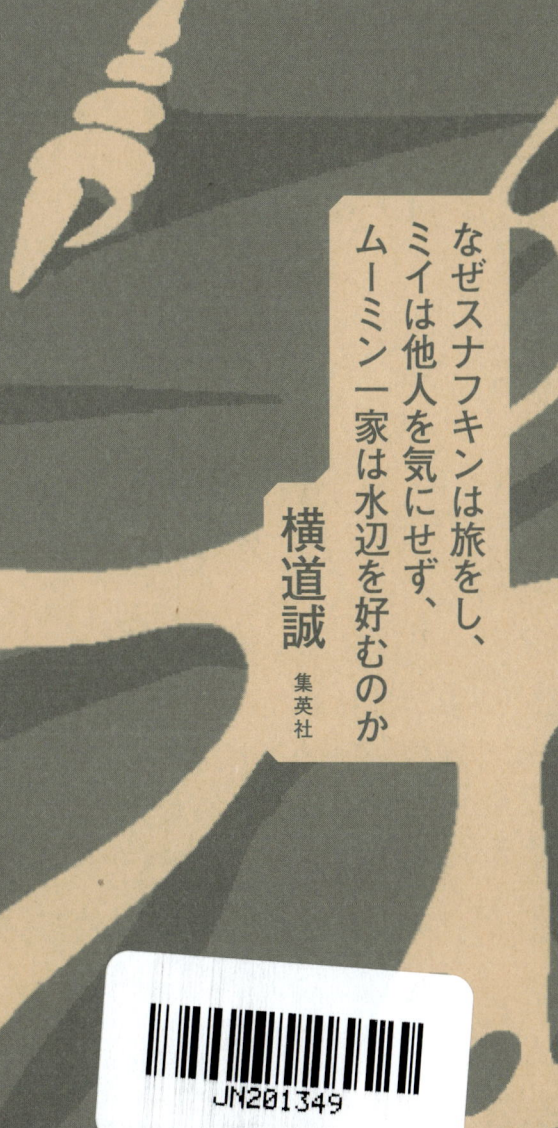

なぜスナフキンは旅をし、
ミイは他人を気にせず、
ムーミン一家は水辺を好むのか

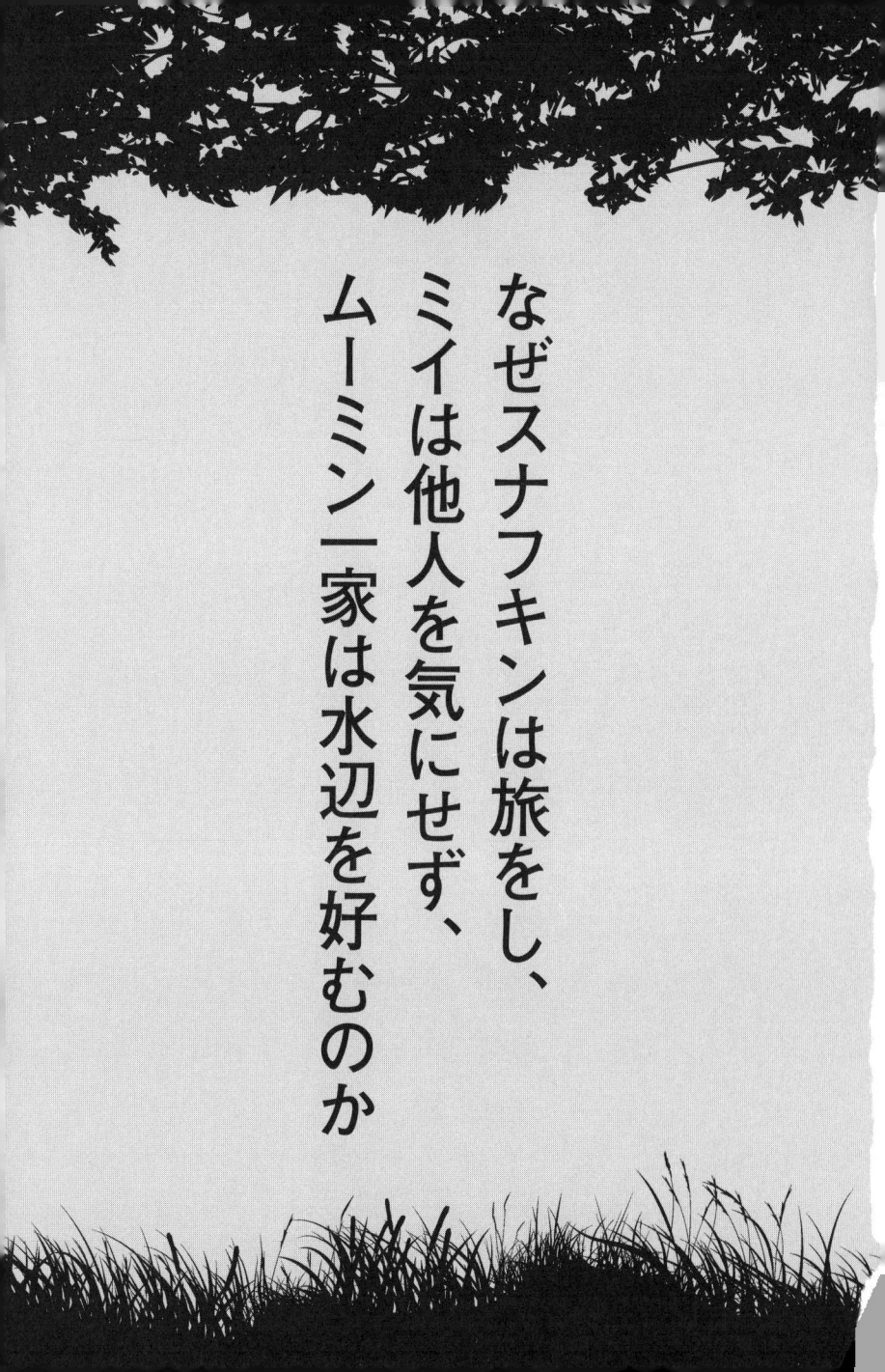

装画　HOHOEMI
装丁　佐藤亜沙美（サトウサンカイ）

## はじめに

ムーミン・シリーズの作者はトーベ・ヤンソンという女性です。親愛の念を込めて、本書では「トーベ」と呼ぶことにさせてください。トーベはスウェーデン系フィンランド人でした。ムーミン・シリーズは、もともとはスウェーデン語で書かれています。

本書で「ムーミン・シリーズ」と呼んでいるのは、小説版のムーミン物語のことです。ムーミンというキャラクターが登場する、さまざまな形式の作品群の中心に、この小説版が位置しています。シリーズは全部で9冊あります。日本では、『小さなトロールと大きな洪水』、『ムーミン谷の彗星』、『たのしいムーミン一家』、『ムーミンパパの思い出』、『ムーミン谷の夏まつり』、『ムーミン谷の冬』、『ムーミン谷の仲間たち』、『ムーミンパパ海へいく』、『ムーミン谷の十一月』という書名がついています。原著は1945年から1970年にかけて刊行され、途中で一部の巻は改訂されています。日本でも最初の翻訳が1964年に出されました。本書では、講談社から出ている「ムーミン全集［新版］」（2019〜2020年、1〜8巻改訳・畑中麻紀、9巻訳、改訂・冨原眞弓）を用いながら、解説を進めていきます。

私は今回の本で、このムーミン・シリーズを中心として、トーベの世界観を探究していくことになります。小説版のほかには、絵本版やマンガ版がありますから、これらにも補足的に言及します。それからトーベが描いた絵画と、ムーミンたちが登場しないトーベの小説やエッセイも少し話題になります。

トーベが作ったムーミンたちの物語は、さまざまな国で映像化されています。日本では「昭和版」と呼ばれるものと「平成版」と呼ばれるものがあって、どちらもセルアニメ（現代的なCGアニメ以前に作られていたセル画によるアニメーション作品）です。昭和版のタイトルは『ムーミン』で、「旧ムーミン」（1969～1970年）と「新ムーミン」（1972年）に分かれます。平成版は『楽しいムーミン一家』（1990～1991年）と『楽しいムーミン一家 冒険日記』（1991～1992年）に分かれます。芸術的に高く評価されているポーランドのパペットアニメ版『ムーミン』は1978年から1982年にヨーロッパ各国で放映されました。近年では、イギリスとフィンランドが共同制作したCGアニメ『ムーミン谷のなかまたち』が2019年～2022年にかけて、日本でも放映されました。ほかにも独特なキャラクターデザインのソ連版（1980年放映）などがあります。これらのアニメ版については本書で扱いませんが、小説版よりも先に触れた読者は多いのではないかと思います。私も小学6年生のときに放映されていた平成版から、ムーミンの世界に入門しました。

その後、私はムーミン・シリーズなどの読書体験を経て文学研究者となり、大学で教えるとともに、一般向けの研究書として、『グリム兄弟とその学問的後継者たち――神話に魂を奪われて』や、『村上春樹研究――サンプリング、翻訳、アダプテーション、批評、研究の世界文学』

も書いています。

この本がめざすムーミン・シリーズの読みとき方は、かなり独特で、当事者批評という手法を使って進めます。当事者批評とは、精神科医の斎藤環《たまき》さんが私の本『みんな水の中――「発達障害」自助グループの文学研究者はどんな世界に棲んでいるか』について冠してくれた言葉で、疾患や障害の当事者にとって特定の作品や作家が「このように見える」という実例を示す批評のことです。この本を書いている私は、自閉スペクトラム症（Autism Spectrum Disorder: ASD）を診断されています。その当事者のひとりにあたる私から見て、ムーミン・シリーズはとても自閉スペクトラム症の特性と相性が良いものと感じられる、という見立てを提示していきたいのです。

自閉スペクトラム症とは、特異なコミュニケーション、強烈なこだわり、敏感すぎたり鈍感すぎたりする感覚世界によって特徴づけられる「発達障害」（医学的に正確に言うなら「神経発達症」）です。もしかすると、「この著者は、なんて、突拍子もないことを言いだすんだろうか」と驚きましたか。「自閉スペクトラム症」の旧称にあたる「自閉症」と言えば、まったく意思疎通ができない、会話ができない、他者の心がわからない、といったイメージで知られていました。それはいまでは古びたイメージとなっています。現在では自閉スペクトラム症の多様性が注目されるようになっていて、まさに「スペクトラム」（虹の色彩のような連続体）状に、当事者の実態はさまざまです。

「発達障害」は、本人がそれによって困っていなければ、そのようには診断されません。私の場合にはとても困りながら生きてきて、２０１９年、40歳のときに自閉スペクトラム症および、べつの発達障害にあたる注意欠如多動症（Attention-Deficit/Hyperactivity Disorder：ADHD）を併発しているという診断を受けました。

２００５年に発達障害者支援法が施行され、以来日本で発達障害に関する認知が急速に向上しています。天才的な能力を発揮する創作者や研究者であっても、非常にしばしば自閉スペクトラム症の特性を持っているという事実も広く知られるようになりました。私はそうした時代状況を背景として診断を受け、自閉スペクトラム症の当事者でありながら、大学の教員として――合理的配慮を受けながらも――働く者となりました。

自閉スペクトラム症という言葉は、どうしても否定的な響きを持っています。ですが、私はそのように診断されたことで、じぶんの人生の生きづらさをひもとくための鍵を手に入れることができました。自助グループにつながり、じぶんでも多数の自助グループを主宰するようになって、じぶんの生きづらさを解消できるようになりました。そうするうちに、過去から現在に至る多くの天才たちが自閉スペクトラム症の特性を持っていると理解できるようになり、それを非常にポジティヴに受けとめるようになったのです。本書には「自閉」という言葉がたびたび出てきますが、それは自閉スペクトラム症者や自閉スペクトラム症児によく見られるチャーミングな特性を意味しています。じぶんだけの世界に閉じこもって奇想天外な空想をめぐらせたり、孤独に浸ったり、独自の価値観で幸せを感じたりすることも、自閉スペクトラム症者と自閉スペクトラム症児の「自閉」的特徴と言うことができます。

しかし、それでも、「ムーミン・シリーズを『病的』なものとして解釈していくということなの?」と、本書を読みつづけるのが不安になった人はいるのかもしれません。ここで指摘しておきたいのは、じつは自閉スペクトラム症が「病気」や「障害」だという従来の見方は誤解だとする認識が、いま世界的に広まっているという事実です。この考え方は「ニューロダイバーシティ」(脳の多様性)と呼ばれています。自閉スペクトラム症の特性を持った人は、近年、全人口の1割弱もいて、環境に恵まれて生きることができれば、彼らは「病人」や「障害者」にならずに健康な生活を謳歌できます。「非障害性自閉スペクトラム(Autism Spectrum)の当事者」という表現もあります。しかし環境に恵まれなければ、彼ら彼女らは二次障害として鬱病、双極症、社会不安障害、パーソナリティ症、統合失調症、適応障害などの精神疾患を発症し、「自閉スペクトラム症者」になるというわけです。

ニューロダイバーシティの考え方では、自閉スペクトラムの特性を持った人を「ニューロマイノリティ」(脳の少数派)と考え、そうではない人々――「定型発達者」と呼ばれます――を「ニューロマジョリティ」(脳の多数派)と位置づけます。もちろん、どんな人であってもひとりひとりの個性はバラバラで、すべての人が唯一無二の存在ではあるのですけれども、それはそれとして、自閉スペクトラムの特性を持った人と、定型発達者のあいだにはわりと目立った差異があることも確かなのです。

この本では、トーベがニューロマイノリティだったのではないか、という仮説を立てます。じぶんにとって適切な環境を得ることで、健康を維持することができて、ニューロマイノリティでありながら、自閉スペクトラム症者にはならなかった人ではないか、と推測しながら、考察を進めます。その上で、ムーミンたちトーベが生みだしたキャラクターに、トーベ自身の個性が反映された結果として、それらのキャラクターにもニューロマイノリティの特性があるのではという仮説を提示していきます。そうすることで、ムーミン・シリーズが、これから訪れるニューロダイバーシティの時代にとってまことにふさわしい、そして学べるところの多い作品だということを提示していきたいのです。ニューロダイバーシティの時代とは、定型発達者がじぶんたちにとって異質な自閉スペクトラムの特性を認めて、ニューロマイノリティとニューロマジョリティが共生していく人類の新しいステージのことです。本書を読んだ人が、ニューロマイノリティについての理解を深め、ニューロダイバーシティの時代に向きあっていく力を養っていただけるなら、それ以上の喜びはありません。

作家や芸術家はじぶんの体験を作品に安易に投影するものだ、という考え方を現代的な文学研究は、しばしば否定してきました。しかし、ストレートな表現を好む「自閉的」な表現者に、そのような見解は当てはまらないことが多いと思います。

トーベのことをニューロマイノリティだということを前提にして書いている感じになるので、

びっくりするかもしれませんが、一度そういう仮説として認めていただいて、つまり「もしかしたら、そうかもしれない」と仮に受けいれた上で、読んでみてください。

ニューロマイノリティのムーミン・ファンには、このシリーズのキャラクターたちに共振する人がとても多いのです。また私は、ニューロマイノリティが集まっている自助グループに初めて参加したときに、「ここはムーミン谷だ！」と驚いてしまいました。バラバラの個性を持った当事者たちが、自由に交流しあっていて、しかも不思議な秩序によってその時空間が平和を謳歌しているのです。この本の読者にも、私の見たそのような光景を共有してもらいたい、というのが本書のねらいです。

（注1）本書を執筆するに先立って、私はニューロマイノリティの仲間たちとムーミン・シリーズに関する読書会を連続的に開催しました（2023年3〜8月）。毎回、ムーミン・シリーズ1〜8巻を改訳し、ボエル・ヴェスティンによるトーベの評伝『トーベ・ヤンソン　人生、芸術、言葉』の共訳者をも務めた畑中麻紀さんと、ムーミン・シリーズの熱烈なファンだという二村《にむら》ヒトシさん（本業はAV監督という珍しい仕事をしていますが、恋愛や性愛に関する知的な本を何冊も出しています）が参加してくれて、貴重な発言をくださいました。ですから本書には、何度も「畑中さん」や「二村さん」が出てきます。私だけでは得ることができなかった視点を設けることができたと思っている次第です。

（注2）本書で使用する文献は、文献一覧として最後に並べています。出典については、文献の著者名＋刊行年＋引用ページを本文中に示します。ただしムーミン・シリーズについては略称と引用ページを示します。略称については文献一覧をご覧ください。

目次

# 3 シリーズ中期

## 5 補足的視点 139

# 1 ムーミン誕生！

## 作品の背景とシリーズの前提

# 作品の背景とシリーズの前提

## トーベの家族と生いたち

ムーミン・シリーズを理解するには、最初にトーベの家族のことを頭に入れておくのがいいでしょう。そこでまずは実家について紹介しておきます（以下、本書全体をつうじてトーベの伝記的事実に関する説明は、ボエル・ヴェスティンの本『トーベ・ヤンソン　人生、芸術、言葉』とトゥーラ・カルヤライネンの本『ムーミンの生みの親、トーベ・ヤンソン』に依拠しています）。

トーベのお父さんは、ヴィクトル・ベルンハルト・ヤンソン（1886〜1958年）といって、フィンランドの首都ヘルシンキに住むスウェーデン系――少数民族ということになります――の彫刻家でした。家族からは「ファッファン」と呼ばれていたとのこと。トーベのお母さんは、シグネ・ハンマシュティエン＝ヤンソン（1882〜1970年）といって、スウェーデン人だったのですが、同国の首都にあるストックホルム工芸専門学校で学んだあと、パリで恋に落ちたファッファンと結婚して、ヘルシンキに移住し、グラフィックデザイナーとして活躍しました。もとの姓が「ハンマシュティエン」で、結婚したことによって「ハンマシュティエン＝ヤンソン」となりました（こういうものを複合姓といいます）。もとの姓を縮めて、家族からは「ハム」と呼ばれていたようです。

芸術家の両親の第一子としてトーベは生まれてきました。本名にはミドルネームもあって、トーベ・マリカ・ヤンソン（1914～2001年）といいます。「トーベ」は日本語で書くなら、「トーヴェ」がいっそう適切かもしれませんが、多くの本で、慣例的に「トーベ」と表記されてきたので、本書でもそのように綴ることにします。トーベは、とりわけ気質が似た父とのあいだに葛藤を経験しながら成長することになりました。下にはふたりの弟が生まれました。第二子のペル・ウーロフ・ヤンソン（1920～2019年）と、ラルス・ヤンソン（1926～2000年）です。このふたりがどのようにムーミンたちの物語に関わったのかについては、のちのち説明することになります。またハムの弟たち（つまりトーベの叔父たち）もムーミン・シリーズにとって大きな意味を持つのですが、これもあとから説明いたしますね。

私自身もそうだったのですが、ニューロマイノリティの子どもは「自閉」を特徴とすることから、空想癖に耽《ふけ》ることがとても多いのです。本はその空想をくすぐってくれるため、ときとしてたいへんな読書家になります。トーベは冒険ものが大好きだったそうです。『野生の呼び声』などのジャック・ロンドン、『ソロモン王の洞窟』などのヘンリー・ライダー・ハガード、SFの父として知られるジュール・ヴェルヌ、ターザン・シリーズのエドガー・ライス・バローズなどを読み、なかでもターザン・シリーズに夢中になるあまり、子ども時代のトーベは弟のペル・ウーロフとターザンごっこに興じたり、ターザンのようなジャングルヒーローを主人公にした物語を構想したそうです（ヴェスティン 2021: 225）。男の子のような女の子、という子ども時代を送った人はニューロマイノリティにはとても多いです。

「ニューロマイノリティ」の子どもの特徴として、一般的な学校での生活に向いてないということもあります。私も小中学生の頃、学校に行きたくなくて仕方がなかったですが、トーベも15歳のとき（１９３０年）に通常の学校を自主退学してしまって、芸術家の卵として生まれ変わりました。と言っても学校生活と縁を切ったわけではなくて、ストックホルムに転居して、叔父（母の弟）のエイナルの家に下宿して、母の母校にあたるストックホルム工芸専門学校に通うようになったのです。留学生活をしつつ、じぶんの得意分野について専門的に学ぼうと思ったわけですね。すでに14歳で雑誌にイラストを掲載されていたトーベは、１９３３年にヘルシンキの「ユーモリスト展」に自画像を出品して、芸術家としてデビューしました。専門学校を修了すると、帰国して地元ヘルシンキにあるフィンランド芸術協会美術学校（通称「アテネウム」）に通いはじめました。

## ムーミンの誕生

20歳を迎える前後の１９３４年には、トーベはフランスのパリやドイツの伯母（母の姉エルサ）のもとを訪ね、視野を広げていきました。風刺雑誌の『ガルム』にイラストを発表するようになり、次第に同誌の中心メンバーになっていきます。１９３７年にアテネウムを退学し、１９３８年にはパリに短期留学し、１９３９年にイタリアへ旅行しました。そうこうするあいだトーベは、イラスト、絵画、短編小説などを発表して、キャリアを形成していきます。その途中で、ムーミンというキャラクターも生まれてきました。

トーベの実家は、フィンランド南部にあるペッリンゲ諸島にコテージを持っていました。このコテージのトイレの壁にトーベは「スノーク」というキャラクターを落書きしました。これが現存する最古のムーミントロールで、すでに少しぽっこりしたおなかをしていました。スノーク（Snork）という名前はスウェーデン語のsnorkig（傲慢な、偉ぶった）から取られていると考えられます。この絵の隣には「自由は最高のことなのです」とも書かれていることから、「傲慢なくらい自由を求めたい」というトーベの願望を表したキャラクターだったのだと思われます。このスノークがのちに「ムーミントロール」に名前を変えました。正確に言うと、ムーミン・シリーズには「スノーク」というキャラクターも登場するから、ふたつのキャラクターに「分裂」したということになります。

「ムーミン」の語源は判明していませんが、トーベが子どもの頃に食料棚からつまみ喰いをしていると、エイナル叔父さんが「冷たいムーミントロールに気をつけろ」と迷信めいたことを言ったという逸話に由来するようです（ヴェスティン 2021: 196–198）。１９３４年には、トーベは黒いムーミントロールが描かれている水彩画をドイツで制作します。１９４３年には『ガルム』にムーミントロールを描くようになりますが、もっとも印象的なのは『ガルム』１９４４年10月号の表紙です。この頃は１９３９年に始まっていた第二次世界大戦の末期でした。この表紙画ではたくさんのヒトラーが悪さをしている様子を、トーベが署名にその姿を添えるようになったムーミントロールがこっそりと見つめています。

## 恋人たち

１９４３年、20代を終えようとしていたトーベはヘルシンキで最初の個展を開くことができました。加えて、彼女の人生にとって大きな意味を持つ男性と出会って、恋に落ちました。スナフキンのモデルになったアトス・ヴィルタネンです。アトスはトーベと同じスウェーデン系フィンランド人で、左派ジャーナリストで、国会議員でもありました。トーベは文通友達のエヴァ・コニコヴァにアトスのことをつぎのように紹介しています。

あなたもきっとアトス・ヴィルタネンのことが好きよ。あなたのようにバイタリティあふれる人なの。人生にいろいろな想いを抱き、自分の意見が素晴らしくはっきりしている。機嫌が悪い時もあるけれど、落ち込んだりはしないの。背は私と比べてもそう高くはなくて、ふわっとしてて、しわくちゃの哲学者。笑うと口があなたよりも大きく横に広がるのです。ブサイクで明るくて、生命力と考えと夢にあふれた人。それからちゃんと自信をもっている人。アトスはフィンランドで最も賢い人じゃないかって思うくらい（本人はたまに「北欧全体で最も、じゃないの？」と訊き返してくるけれど！）。彼の最大の預言者はニーチェ。それはそれはいろんなことを聞かされて、少しうんざりするくらいだけれど。でも『アトスはこの人物のことを本にしていて、〈力への意志〉について取り組んでいるところです。本を書き上げたら、うまく解放されますようにと願っています。そしたらもっと自由に自分のものが作れると思うから。（ヴェスティン 2021: 174–175）

どうでしょうか。みなさんがスナフキンに抱いているイメージと、どのくらい重なってきますか。スナフキンはどちらかというと「草食系男子」というイメージを持たれていると思うので、「バイタリティあふれる」とか、哲学者のニーチェに熱狂していたという部分は、「あれ？」と感じるかもしれませんね。「ブサイクで」とズバリ言われているのも、「イケメン」だからとスナフキンに憧れていた人にとっては幻滅ポイントになるかも。

１９４５年の５月にヨーロッパの第二次世界大戦が終わって、秋にムーミン・シリーズ第１作『小さなトロールと大きな洪水』が出版されました。さらに１９４６年には第2作『ムーミン谷の彗星』が出版されます。その年に、トーベはさらに別の人物と恋に落ちます。トーベにとって最初の同性の恋人になった、スウェーデン系フィンランド人のヴィヴィカ・バンドラーがその人です。ヴィヴィカがムーミン・シリーズにどのように関わっているかはのちに述べますけれども、ここで参考にしておきたいのは2020年にフィンランドで制作された『TOVE／トーベ』（ザイダ・バリルート監督）という映画です。

この映画の最初のあたりで、トーベのアトリエでのアトスとの情事が描かれます。朝になってから、アトスの妻から電話がかかってきて、トーベはアトスに「奥さんに電話してくるなと言って」と不満を述べます。不倫の恋だということが描かれていますが、畑中さんによると、これはトーベの時系列をフィクショナルに再構成した結果で、実際には当時のアトスは独身だったそうです。映画では、ヴィヴィカとの出会いが描かれ、トーベと彼女は熱烈な恋人同士になって、アトスとのあいだに距離が生まれますが、これは現実でも同じような展開だったようです。

トーベと恋に落ちたヴィヴィカは、ムーミン・シリーズに登場するミムラというキャラクターに言及して、トーベに「ミムラねえさんはあなたね？」と語りかけます。観客の私たちは「？」と感じるはずですが、じつはミムラ（mymla）とはスウェーデン語の俗語で「レズビアンのカップルが愛しあう」という動詞なのだそうです（カルヤライネン 2014: 131）。トーベはアトスと会った際に女性とベッドをともにしたことを伝え、感想を問われて「息をのむほど華麗な龍が舞い降りたようだったわ」と答えます。

出会った翌年、ヴィヴィカとの恋は破綻を迎えて、トーベはそれから8年後の1955年、

41歳のときに新しい女性の恋人と出会います。それが生涯のパートナーになった、アメリカ出身のフィンランド人トゥーリッキ・ピエティラです。彼女はやがてムーミン・シリーズで「トゥーティッキ」という名のキャラクターになって登場してきます（むかしの日本語版やアニメでは「おしゃまさん」と呼ばれていました）。映画では最後にトゥーリッキがトーベのアトリエに入ってくる直前、強い風が部屋に吹きこんでくる場面がありますけれども、畑中さんによると、これは「風」（フィンランド語でtuuli）がトゥーリッキ（Tuulikki）の登場を示唆する演出ではないか、ということです。

トーベは、フィンランドに住むスウェーデン系住民として少数民族でもありましたが、セクシャルマイノリティ（性的少数者、LGBTQ＋）でもあったわけです。アトスと出会う前には、ほかの男性とも恋愛経験がありましたから、バイセクシャル（両性愛者）ということになりそうです。ここで私が考えてしまうのは、ニューロマイノリティには性的少数者を自認する人が目立つという事実です（この問題に関しては、私の著書『ひとつにならない——発達障害者がセックスについて語ること』を読んでみてください）。それから、じぶんの恋人たちをそれと知られない形で作品にどんどん出していくというのも、「自閉」を特徴とするニューロマイノリティの創作者にとって、いかにもふさわしい手法だと言っておきたいです。

## ムーミン・シリーズのキャラクターは何者か？

それではつぎの章から実際にシリーズの各作品を見ていきますが、読者のみなさんにまず押さえておいてほしいこととして、ムーミン・シリーズのキャラクターが何者かという問題があります。主人公は「ムーミントロール」と名づけられていますが、日本ではよく省略して「ムーミン」と呼ばれています。「トロール」とは北ゲルマン語群（スウェーデン語、ノルウェー語、デンマーク語、アイスランド語などの系統。「ノルド」ともいう）の神話や伝説に登場する空想上の妖精・怪物たちです。トーベはムーミン・シリーズのキャラクターをたんに「存在するもの」（varelser）と説明していたそうで、これは「たしかに、いることはいるんだけれども、なんといいあらわしていいのかわからないもの」というときに使われる言葉だそうです（鈴木 1977: 294）。スナフキンやトゥーティッキのように人型のキャラクターも登場しますが――前述したように彼らのモデルはトーベの恋人たちでした――、人間に似た姿をしているだけで、人類ではありません。創作能力に恵まれたニューロマイノリティが示すどっぷりとしたファンタジー精神をトーベは発揮していたと言えます。

また彼らの名前のように見えるものは、しばしば固有名ではなくて種族名です。たとえばムーミントロールの父母はムーミンパパおよびムーミンママと呼ばれますが、夫婦になる前は、男の子のムーミントロールと女の子のムーミントロールでした。たくさんのムーミントロールがいるわけです。ムーミントロールと分裂したキャラクターだった「スノーク」には妹がいて、ムーミン・シリーズのヒロインであるにもかかわらず固有名を与えられておらず、つねに「スノークのおじょうさん」と呼ばれます。つまりスノークも種族名です。シリーズをとおしてヘムレンさん（非特定の名詞形にあたる「ヘムル」で訳されている箇所もあります）やフィリフヨンカさんが何度も出てきますが、作品ごとに別のヘムレンさんやフィリフヨンカさんだったりします。

私はこの不思議な世界観は、ニューロマイノリティがよくおこなう、人間を類型化してパターン認識しやすくする傾向と深い関係があるような気がしています。ドイツのニューロマイノリティ、アクセル・ブラウンズの書物『鮮やかな影とコウモリ――ある自閉症青年の世界』は、じぶんに好意的に接する人を「鮮やかな影」、敵意を持って接する人を「コウモリ」と二種類に分類して生きている世界観を提示しています。ニューロマイノリティは、じぶんとの異質性が強いゆえに理解しにくいニューロマジョリティに囲まれて生きているから、彼らをわからないなりに大摑《おおづか》みに分類することで少しでも理解し、サバイバルしていくことが多いような気がします。

ムーミン・シリーズのキャラクターは総じて、「賢いのかおバカなのか？」と読者の私たちを面食らわせる言動を披露してくれます。それもまた私には、能力の凸凹が激しい傾向があると頻繁に語られるニューロマイノリティの特徴を連想させます。ＷＡＩＳと呼ばれる知能検査では、言語理解、知覚推理、ワーキングメモリー、処理速度など能力ごとの知能を測定するのですが、ニューロマイノリティの数値は項目ごとの開きが大きくなる傾向があります。この特徴ゆえに、私たちニューロマイノリティは「天才なのかおバカさんなのか」という印象を与えることが多いのです。

# 2 シリーズ初期

『小さなトロールと大きな洪水』
『ムーミン谷の彗星』
『たのしいムーミン一家』

# 『小さなトロールと大きな洪水』

## 大小の対比の理由

ムーミン・シリーズ第1作『小さなトロールと大きな洪水』(*Småtrollen och den stora översvämningen*)は、むしろシリーズ第0号作品と呼ぶべきものです。というのも本作は1945年に刊行されたのち、1991年まで再刊されることなく、実質的な「封印」状態にあったからです。ほかのシリーズ初期作品が何度も改訂されて、刊行されつづけたのとは対照的です。トーベが晩年に至って、ムーミン・シリーズの評価もすっかり定まったあとで、ようやく封印が解かれた「未熟」な印象の作品です。日本では1992年に翻訳書が刊行され、本書で使っている版では「ムーミン全集［新版］9」(最終巻)として収録されています。

内容としては、姿を消したムーミンパパをムーミンママとムーミントロールが捜索するというものになっています。ムーミントロールがトーベの、ムーミンパパがファッファンの、ムーミンママがハムの分身だろうことは容易に想像がつきます。トーベは序文で「本のタイトルは、頭をひねったあげく、『グラント船長を探す子供たち』にならって、『パパを探すムーミントロール』とでもしたかった」と書いています（『洪水』p.5）。ここで『グラント船長を探す子供たち』と呼ばれている作品とは、幼少期のトーベが愛読したジュール・ヴェルヌの『グラント船長の子供たち』です。途中で「小さな生きもの」が旅仲間として合流しますが、このキャラクターはのちの作品では「スニフ」と名づけられるキャラクターです。ムーミンママは語ります。

「パパはいつでもどこかへ行きたいと思っていたの。ストーブからストーブへと転々とね。どこにいても気に入らなくて。ある日、どこかへ消えてしまった。あの小さな放浪者、ニョロニョロたちといっしょに旅に出てしまったのよ」（『洪水』p.23）

「ストーブからストーブへと」という表現から、ムーミン・シリーズのキャラクターがとても小さい存在だということが示唆されています。書名も『小さなトロールと大きな洪水』ですから、主人公たちの小ささと、彼らと自然災害の大きさが印象的に対比されているわけです。森のなかをさまよう一行の様子も、ヘビに出くわす場面も、巨大なヘムレンさん（『洪水』ではヘムル）が描かれる場面も、大小の対比が鮮やかです。私としては、このような作品世界は、一方では第二次世界大戦という人類史上最大級の災厄をくぐりぬけたトーベが、人間界の運命に対して寄る辺ない感情を覚えていたということに、他方では、自覚のないままニューロマイノリティとして不安定に生きていたことに関係しているのではないかと想像してしまいます。

## 注意欠如多動症とムーミンパパの放浪癖

ムーミンパパの放浪癖は、シリーズ全体をとおして何度も強調されています。じつは自閉スペクトラム症には、不注意、多動、衝動性などを特徴とする注意欠如多動症（ADHD）がしばしば併発します。そして注意欠如多動症の人にはしばしば放浪癖が付随します。ムーミン・シリーズのキャラクターでは、先ほどの引用で名前が出ていたニョロニョロのほか、スナフキンにも放浪癖があります。ヘルシンキとフィンランドの島々を行き来しながら人生を送り、よく海外旅行にも出かけたトーベ自身にもその傾向があったかもしれませんね。

作中にはボーイ・ミーツ・ガールの物語が挿入されています。赤いチューリップのなかに住んでいる輝く青い髪の少女チューリッパが旅の仲間に加わるのですが、野原の真ん中にある塔に住んでいる赤い髪の少年と恋に落ち、一行から離脱します。トーベは「序文」で「コローディ（青い髪の少女）」について言及していますから、チューリッパはカルロ・コッローディが書いた『ピノッキオの冒険』に登場する「青い髪を持った少女」にインスピレーションを得たことがわかります（『洪水』p.5、コッローディ 2016: 91）。この少女はディズニーアニメの『ピノキオ』では、「ブルーフェアリー」（青いドレスを着た金髪の妖精）に姿を変えています。また花のなかから姿を表すさまは、アンデルセン童話の『おやゆびひめ』を連想させます。全裸の絵が描かれているのは、バイセクシャルだったトーベらしい演出かもしれません。『小さなトロールと大きな洪水』で描かれたボーイ・ミーツ・ガールの物語は、シリーズののちの作品で何度も変奏されます。多くのニューロマイノリティが同じことを何度も話題にしたがるのと同様に。

ここで、ちょっとした余談を披露しておきましょう。『小さなトロールと大きな洪水』が刊行された1945年、スウェーデンではアストリッド・リンドグレーンの『長くつ下のピッピ』が刊行されました。スウェーデン語の児童文学として画期的なシリーズが同年にふたつも始まったのですね。1969年から1972年にかけて、中断を挟みつつ昭和版のムーミンが放映されていましたが、このアニメ版は大胆なアレンジを導入していたために、トーベの不興を買ってしまいました。1971年には『長くつ下のピッピ』をアニメにする計画が高畑勲、宮崎駿、小田部羊一らによって始まりましたが、リンドグレーンは『ムーミン』の状況を知っていたかどうかわかりませんけれども、日本人によるアニメ化を許可しませんでした（高畑ほか 2014: 2）。『長くつ下のピッピ』が頓挫して高畑、宮崎、小田部たちが作ったのが、日本のアニメ史上でも画期的な意味を有する――日本アニメの世界的な成功の端緒として、またジブリアニメの先駆として重要な――『アルプスの少女ハイジ』でした。この作品は、昭和版ムーミンと同じく「カルピスまんが劇場」の枠組みで放映されました。

# 『ムーミン谷の彗星』

## 8月7日の意味

『ムーミン谷の彗星』は、１９４６年に初版が刊行されました。原題は***Kometjakten***（『彗星探し』）です。ムーミン・シリーズが中盤に入っていた１９５６年に改訂版が作られ、原題は*Mumintrollet på kometjakt*（『ムーミントロールと彗星探し』）でした。シリーズが終盤に入っていた１９６８年には三訂版が刊行され、原題は***Kometen kommer***（『彗星が来る』）でした。私たちが日本語で読めるのは三訂版ですので、シリーズ初期作品としての未熟さは感じられず、完成度の高さが保証されています。挿絵も改訂されているので、ムーミン・シリーズが出発した時点のデザインセンスを残した『小さなトロールと大きな洪水』とは、読み味も視覚的印象もだいぶ異なります。

しかし世界観に関しては、前作と今作で通底するものがあります。前作では大洪水が描かれ、それに翻弄される小さな生きものたちが対比されましたが、今作では彗星が地球にやってきて、ぶつかりそうになって地球が滅亡するかもしれないという事件が物語の焦点になります。彗星が結局は地球を掠《かす》めるだけで宇宙の彼方に飛びさっていくのは8月7日ですから、トーベがこの本を出す前の年に起きた世界史的事件を念頭に置いていたのは明らかです。1945年8月6日には広島で、同年8月9日には長崎で原子爆弾が投下されていました。ムーミントロールがヒトラー風刺に使われていた事例を先に紹介しましたが、ムーミン・シリーズの成りたちには戦争の影響が大きいと言えるでしょう。ただし畑中さんによると、『ムーミン谷の彗星』で8月7日が彗星襲来の日とされたのは改訂を経たあとで、当初は別の日が問題の日として設定されていたそうです。

## 同調、協働しないキャラクターたち

本作で、ムーミントロールとスニフは宇宙の様子を見るために天文台まで旅をすることになり、一行にスナフキン、スノーク、スノークのおじょうさんが合流していきます。ところで、彼らの行動のチグハグぶりは注目に値します。干上がった海を越えるために竹馬で進むことをスナフキンが提案するのですが、そもそもこの想像の斜め上を行く奇想天外な解決方法の提案が、ニューロマイノリティ的です。先に述べたように私たちニューロマイノリティは「天才なのかおバカさんなのか」と表現されやすい人々だからです。さらに竹馬の材料の探索はこんなふうに描写されます。

ムーミントロールは二つに折れた、西の航路の標識を発見しました。スノークのおじょうさんは、ほうきの柄と船のオールを見つけました。スナフキンは、つりざおとはたざおを、スニフはつる草の支柱と、こわれたはしごを見つけました。ところがスノークは、わざわざ森までもどって、きっちり同じ長さの細いもみの木を二本、持ってきたのでした。（『彗星』p. 147）

その竹馬で歩く練習を始めますが、その様子もバラバラな印象を与えます。ニューロマイノリティの特徴は、他者にシンクロしづらいということです。ニューロマジョリティが互いに同調しあって、協働しながらことに当たるのを得意とするのと反対です。そのニューロマイノリティたちのバラバラな動き方が、ムーミン・シリーズに登場するキャラクターたちの最大の特徴のひとつです。ニューロマイノリティの私としては、このように「みんなちがって、みんないい」（金子みすゞの詩「私と小鳥とすずと」の一節）という場面が頻出するところに、ムーミン・シリーズを読む最大の喜びがあると感じるほどです。

## 「愛すべきおバカさん」スニフ

登場するキャラクターのうち、私がいちばん気になるキャラクターはスニフです。かわいい子ネコや洞窟を発見するなど独自の物語がくっきりあって、「もうひとりの主人公」と呼びうる存在感を見せています。おそらくムーミントロールの分身的な存在として理解できますが、先に述べたようにムーミントロール自身がトーベの分身と考えられるため、作中にはトーベの分身的キャラクターが複数登場するということになります。このじぶんに対する関心の集中に私はニューロマイノリティならではの「自閉」を感じます。スニフは「愛すべきおバカさん」だということが好んで描写されていて、たとえば発見した洞窟についてムーミンママに話すときは、こんなふうに言います。

「ぼくは、はじめが『ど』で、おわりが『つ』のものを見つけたよ。そしてね、まん中に『う』や『く』があるの。でもそれ以上は、いえないや!」(『彗星』p.21)

スニフは旅の途中で疲れて「ぼく、めまいがする」「げろをはいちゃうぞ!」と言ってムーミントロールやスナフキンを困らせたりと(『彗星』pp.92-93)、読者にとっては「うざい」と感じさせやすいキャラクターです。そのような印象を与えるところも、思ったことをハキハキ表明したがり、同じことを何度も口にしたがるというニューロマイノリティの特徴をよく反映しています。子ネコが、世話を焼いてくれるムーミンママを、じぶんよりももっと好きになるんじゃないか、と不安になる場面は、子どもにとってもおとなにとってもありふれた愛情の喪失に関する不安と言えるでしょうけれども、そのような不安は他者に嫌われることが多いニューロマイノリティにとっては、なおさら身近にある問題だということは強調しておきたいです。

二村さんは、ムーミントロールとスニフが擬似的な兄と弟のような存在で、スニフが子ネコや洞窟を発見するのは、弟分が兄貴分に先駆けて童貞を喪失する物語として読めると言っていましたが、なるほどそのような精神分析的な解釈も可能だと思います。子ネコ（英語でプッシー）は女性器の隠語ですし、「侵入口」を持つ洞窟もそのようなものと見立てることは不可能ではないでしょう。私自身は文学作品の精神分析的解釈に対してそれほど賛成的な立場ではないのですが――精神分析には疑似科学的なトンデモ言説が多すぎると感じられてしまいます――トーベ自身が精神分析に関心を寄せていたので（詳しくは後述）、その事情を勘案するなら、ムーミン・シリーズを精神分析の流儀で読解するのには、それなりの妥当性があると考えられます。

## 「一軍女子」スノークのおじょうさん

スノークのおじょうさんもとりわけ気になるキャラクターのひとりです。シリーズを通してフェミニティ（女性性）またはガーリッシュネス（女の子らしさ）が強調されていて、『ムーミン谷の彗星』でも、ムーミントロールの眼の前で、おしゃれな足輪をつけた姿で体をひねってみせるさまには、なんとも言えないかわいらしさがあります。この作品を描いた時点でトーベはまだ女性との恋愛を経験していませんが、すでに女性的なものへの恋心があって、それがスノークのおじょうさんというキャラクターに結実したのかもしれません。お姫さま的な、あるいはスクールカースト流に言うなら「一軍女子」的な女の子への憧れもあったでしょうし、じぶん自身がそのような女の子だったらと夢見たことがまったくないと考えるのだって、かえって不自然でしょう。

そのようなスノークのおじょうさんですから、彼女にもトーベの分身という側面があるはずです。彼女をヒロインとして、ムーミントロールにとって特別な女の子と位置づける。ここにはトーベのレズビアン的な側面がよく現れていると同時に、じぶんの内面性を遠慮なくさらけだすニューロマイノリティの特性が示されています。ニューロマイノリティはいろんな局面でニューロマジョリティよりもシンプル思考を見せる傾向があります。食肉植物アンゴスツーラに襲われたスノークのおじょうさんを救うために、ムーミントロールがスナフキンに渡されたナイフを持ちながら、「やい、この台所ブラシめ！」「ひょっとこやろう、おいぼれネズミのしっぽ。おまえは、死んだブタの昼寝の夢みたいなやつだな！」「シラミのさなぎめ！」と叫びつつ、相手を挑発するのは、そのシュールな表現センスゆえにまったくニューロマイノリティ的です（『彗星』pp.104‒105）。ニューロマイノリティの「天才なのかおバカさんなのか」という印象が芸術的に昇華すれば、シュールな表現という美しい芸術的結晶が生まれるのです。スノークのおじょうさんが加勢しようとして、大きな石を投げたところ、失敗してムーミントロールのおなかに命中してしまうのも、さらには「あらっ、たいへん。わたし、あの人を殺してしまったわ!」と早合点してしまうのも、そのドジさゆえにニューロマイノリティ的だと思うのです(『彗星』p.106)。ニューロマイノリティにはしばしば発達性協調運動症(深刻な運動音痴や不器用を特徴とする発達障害)が付随することも、補足しておきましょう。

## 水への親近感

私は『みんな水の中――「発達障害」自助グループの文学研究者はどんな世界に棲んでいるか』という本で、いつも水中で生きている感覚があると書いたんです。自閉スペクトラム症に由来する孤絶感、注意欠如多動症に由来する頭のなかがつねにうねっているような感覚、発達性協調運動症に由来する身体バランスのあやふやさ、(これは発達障害ではありませんが)複雑性PTSDのフラッシュバックに由来する現実がぐちゃぐちゃにされた感じ、解離性障害に由来する現実と空想が混交する感じによって、この体験世界が立ちあがってくると私は考えています。ムーミン・シリーズを読むたびに、私はトーベが私の体験世界に似たものを、彼女の体験世界として生きていたのではないか、と想像してやみません。

トーベは島や海辺をこよなく愛していました。じぶんのことを「島と恋に落ちた女」と呼んだこともありました（ヴェスティン 2021: 442）。もしかしたらトーベは、右に書いた私に似た体験世界ゆえにムーミン世界を水と身近なものと設定したのではないか、とも思うのです。あるいは、そもそものような体験世界が原因で――私自身もそうなのですが――島や海辺に対する親近感を深めたのではないでしょうか。『ムーミン谷の彗星』でムーミントロールは水に潜り、水からあがり、川をくだって旅を進め、浸水した難破船に侵入します。じゃこうねずみは雨が降るなかムーミン一家を訪ねてきて、ヘムルは足を川に浸しています。このような水への親しみ方は、ニューロマイノリティの独特の「こだわり」を感じさせます。

## 反復されるモティーフ

さらに大事なポイントですが、「こだわり」の特性ゆえに、ニューロマイノリティはしばしば大収集家です。ニューロマイノリティに職業選択の指針を説いている本などを読むと、ニューロマイノリティにとって相性の良い職業は「こだわり」を活用できる専門職、たとえばＩＴプログラマー、研究者、芸術家などだと書かれていることが、とても多いのです。哲学者のじゃこうねずみ、昆虫採集に耽るヘムル、切手収集に耽るヘムル、ハーモニカによる作曲を愛するスナフキンは、みなニューロマイノリティとしての特性に恵まれたキャラクターたちだと言えます。

「こだわり」と言えば、ムーミン・シリーズをつうじて何度も同じモティーフが反復されるのも、トーベの「こだわり」を感じさせます。スノークのおじょうさんとムーミントロールの出会いは、『小さなトロールと大きな洪水』で描かれたチューリッパと赤い髪の少年の出会いの変奏と言えます。またスニフがじぶんの愛する子ネコが、世話を焼いてくれるムーミンママをじぶんよりもっと愛してしまうんじゃないかと不安になる様子は、のちに『ムーミン谷の仲間たち』に収められた「世界でいちばん最後の竜」で反復されるモティーフです。

# 『たのしいムーミン一家』

## 自然風景や収集品への同調

ムーミン・シリーズ第3作『たのしいムーミン一家』は原題を*Trollkarlens hatt*といい、『魔法使いの帽子』という意味です。「魔法使い」という単語にもtroll（トロール）という文字が入っているのは、「トロール」から派生した動詞trolla（魔法をかける）に由来します。初版は1948年に、改訂版は1956年に、三訂版は1968年に刊行されました。本書で用いる翻訳は三訂版に依拠しています。

ムーミントロール、スニフ、スナフキンは山の頂上で、あるものを別のものに変身させてしまう魔法の帽子を見つけます。本来の持ち主は、世界の果てにある高い山に住む飛行おに（あご鬚《ひげ》があり、シルクハットをかぶり、黒ヒョウに乗って空を飛ぶ）です。帽子はつぎつぎに魔法の力を発揮していきます。やがてちびっこの二人組として登場するトフスランとビフスラン

（2人はそっくりで、足首まであるワンピースを着て、トフスランは赤い帽子をかぶっている）が、孤独な魔物として恐れられているモラン（大きな鼻に丸く黄色い目、一文字の口をし、体と一体になったスカートのすそを引きずって歩く）から盗んだ宝石「ルビーの王さま」を運んできます。裁判が開かれることになって、結果として、モランは宝石の代わりに帽子を受けとって去っていきます。新しい帽子をかぶって旅先の月面からやってきた飛行おにには、長年の夢だったルビーの王さまを欲しがりますが、トフスランとビフスランに断られます。飛行おにはじぶんの願いは叶えられないのですが、他人の願いを叶えることができるということで、トフスランとビフスランは「ルビーの王さま」と同じくらい大きくて美しいルビーを出してほしいと願い、それを飛行おにへの贈り物とします。

途中までは、帽子の魔法に込められた力が物語を牽引しています。帽子に投げいれられた卵の殻は、子どもたちが乗って遊べる5つの雲に姿を変えます。その雲に乗ってふわふわ飛ぶ様子は、発達性協調運動症を併発することの多いニューロマイノリティの身体感覚を表現しているのではないでしょうか。やがて帽子はムーミン屋敷をジャングルに変えてしまいます。ムーミントロールたちはターザンのようになって遊びますが、これはトーベの子どもの頃の願望を反映したものでしょう。その挿絵はトーベの自然風景への没入感の深さをよく現しています。

アクセル・ブラウンズの『鮮やかな影とコウモリ――ある自閉症青年の世界』、東田直樹の『自閉症の僕が跳びはねる理由――会話のできない中学生がつづる内なる心』、私の『みんな水の中――『「発達障害」自助グループの文学研究者はどんな世界に棲んでいるか』などでは、さまざまなニューロマイノリティが自然風景にどっぷりと耽りやすいことを表明してきました。おそらく私たちニューロマイノリティは人間関係をつうじて他者に同調しづらく、逆に自然風景や収集品に同調しやすいのだと思います。

## 秀逸なシュール表現

ムーミン・シリーズに散見されるシュールなギャグセンスは、奇想天外な発想に秀でたニューロマイノリティの特徴をよく示しているように思われます。帽子の魔法で姿を変えたムーミントロールや、飛行おにによって願いを叶えられ、美女化した(?)スノークのおじょうさんの姿は、そのシュールな表現が秀逸だと思います。藤子・F・不二雄のマンガ『ドラえもん』に登場する「きれいなジャイアン」に匹敵するような唐突感です。変身したムーミントロールが名乗る「カリフォルニアの王さま」という名前もシュールですし、帽子に入れられたじゃこうねずみの入れ歯が何に変わったかが伏せられているのもシュールですよね。トーベは「じゃこうねずみの入れ歯がどんなふうに変身したかを知りたかったら、あなたのお母さんに聞いてごらんなさい。お母さんは、きっと知っていますよ。作者より」(『一家』p.73)とシュールさと茶目っけの入り混じった説明を施しています。スニフがトフスランとビフスランに「くされニシンみたいな顔」とか「ニシンこぞうたち」という言葉を投げかけるのも、よくわからないシュールさを感じさせます（『一家』p.168、p.179）。畑中さんによると、このふたつの形容の原語はどちらもströmmingsansikte（「ニシンの顔」）を意味するトーベの造語）で、旧訳の「くされニシンみたいな顔」に対して畑中さんは新たに「ニシンヅラしたやつら」という訳案を推したものの、旧版の訳語が残留になったとのことです。

## 怪奇趣味と分身の二乗

トーベのシュールさは、ホラーの味わいを含むこともよくあります。トーベは怪奇小説の愛好家でした。『小さなトロールと大きな洪水』に登場するヘビや『ムーミン谷の彗星』に登場する食肉植物アンゴスツーラやらトカゲやらは、トーベ作品らしい魅力を湛えながらも、どことなくゾッとする姿をしています。『小さなトロールと大きな洪水』および『たのしいムーミン一家』に登場するありじごくは、この一見ライオンのようなキャラクターがなぜか「ありじごく」というウスバカゲロウの幼虫と同じような特徴と名前を持っているというシュールさも、顔立ちの異様な濃さも、ホラー感を搔《か》きたてます。『たのしいムーミン一家』でスノークのおじょうさんが発見する木製の足のない巨人は、美と怪奇をないまぜにしています。

　ムーミン・シリーズでホラーを第一に体現するのは、モランでしょう。畑中さんによると、「モラン」（Mårran）という名前はトーベの造語で、もしかしたら、スウェーデン語のmorra（うなる）に由来しているかもしれないそうです。また原典での代名詞はhon（英語のshe）なので、女性だということがわかるものの、年齢については言及されていないため、旧訳で「ばあさん」と表現されている箇所を改めたそうです。二村さんは、飛行おにはムーミンパパの裏返しの分身、モランはムーミンママの裏返しの分身ではないかと指摘してくれました。つまりトーベの父ファッファンと母ハムをそれぞれふたつのキャラクターへと、つまり不気味な飛行おにとおっとりしたムーミンパパへと、そして不気味なモランとあたたかいムーミンママへと分割したというわけですね。私は妥当性のある解釈だと思っています。加えて言うと、私はモランにはmoral（モラル、倫理）という意味合いが隠されているのではないかなと推理しています。なぜでしょうか？

私がそう思うのは、トフスランとビフスランが、じつはトーベと同性の恋人ヴィヴィカをモデルにしたキャラクターだという事情に関係しています。トーベとヴィヴィカは互いのことを名前の最初の音をとって「トフスラン」「ヴィフスラン」と呼びあっていて、この同性愛を脅かすものを「モラン」と名づけたという伝記的事実があるのです（ヴェスティン 2021: 241）。トーベはこの事情を作品中ではヴェールで覆っています。畑中さんによると、トフスランとビフスランは単独で「彼」とも「彼女」とも呼ばれず、Tofslan や Vifslan と固有名で呼ばれるか、de（英語の they）と複数形で呼ばれるのだそうです。トフスランとビスフランがルビーの王さまをめぐってモランと係争状態になったとき、裁判の議長をスノークが務めますが、彼に対してビフスランはさくらんぼの種を吹きかけてバカにします。現在は人権やＬＧＢＴＱ＋に関わる問題の先進国のフィンランドですが、１９７１年まで同性愛は非合法、つまり犯罪でした。ですから、ルビーの王さま（至純の愛のことでしょう）をめぐってモラン（つまりモラル）との葛藤が発生し、法的な判定の対象になるというのは、トーベにとって大きな関心事だったと思われるのです。

『たのしいムーミン一家』は、冒頭近くでムーミントロールとスナフキンが仲良く座っている様子から始まって、終盤では旅立ってしまったスナフキンを恋しがってムーミントロールが泣いている場面が描かれています。悲しんでいるムーミントロールを、トフスランとビフスランが慰める描写は、トーベのニューロマイノリティとしての「自閉度」の最たるものと思えます。アトスを恋しく思って涙するトーベを、トーベと新しい恋人のヴィヴィカが慰めているわけです。じぶんや家族の分身をたくさん作品に登場させるということ自体が「自閉」を本質とするニューロマイノリティ的特徴と言えると私は考えるのですが、この場面に至っては「分身の二乗」というわけで、私はそこに自閉スペクトラム症的な極端さを見て、「自閉芸術の極み」だと思ってしまうのです。

## 収集癖とミニマリズム

やたらと物を集めたがることは、ニューロマイノリティの特性に属するということを先に述べました。『たのしいムーミン一家』では、ヘムレンさんが切手収集を完璧に仕上げてしまったために、収集の喜びを失った様子が描かれます（『一家』pp.26–30）。他方でスニフは海に浮かんでいる品々を集めることに興奮します。

少し岸からはなれたところには、白樺の皮やガラス玉、海草が浮かんでいました。スニフはほかにも、麻で編んだマットと、欠けた船用ひしゃく、かかとの取れた古ぼけたブーツを見つけました。海から集めたものは、こんなのでも、すばらしい宝物に見えるのです！（『一家』p.111）

このような性質と、できるだけ所有物を増やさないようにしているスナフキンのライフスタイルは正反対に見えるかもしれません。『たのしいムーミン一家』にはこんな描写があります。

スナフキンはぼうしを、鏡台と台所のドアのすきまに置きました。
「これでまた一つ、家具がふえたわけだね」
にやにやしながら、スナフキンがいいました。どうしてみんながやたらに持ちものをほしがるのか、よくわからなかったのです。スナフキンときたら、服なんて生まれたときから着ている古ぼけたもので満ちたりていましたし（といっても、彼がいつどこで生まれたのか、だれひとり知りません）、ぜったい手放さない大切な持ちものといえば、たった一つ、ハーモ

ニカだけでしたからね。(『一家』p.19)

さて、ところが先に述べたように、ニューロマイノリティにはシンプル思考という特性があります。物を収集すると家のなかは洪水状態になりますが、じつは収集癖は「じぶんの好きなものでこの世界を同じ方向へと染めあげたい」というシンプル思考の発露として解釈することができます。そして逆説的なことに、そのシンプル思考ゆえに、ニューロマイノリティにはミニマリスト型の人も多く、その場合、いわゆる断捨離をバリバリ進めてしまいます。ニューロマイノリティ特有の強い「こだわり」が人を極端なコレクターにも極端なミニマリストにもするのです。収集に耽るキャラクターたちと、物をさっさと手放す生きざまを謳歌するスナフキンがじつは似た者同士の可能性もあるということは、ニューロマイノリティに関する知識を持ってはじめて理解できることです。

# 3 シリーズ中期

『ムーミンパパの思い出』
『ムーミン谷の夏まつり』
『ムーミン谷の冬』

# 『ムーミンパパの思い出』

## スナフキンのパパとスニフのパパ

ムーミン・シリーズ第4作『ムーミンパパの思い出』は、当初1950年に刊行され、その時点では*Muminpappans Bravader skrivna av Honom Själv*（『ムーミンパパの武勇伝――本人作』）という題名をつけられていました。1956年に改訂版が刊行され、書名が*Muminpappans Bravader*（『ムーミンパパの武勇伝』）と縮められました。1968年に三訂版が出されて、その書名が*Muminpappans memoarer*（『ムーミンパパの思い出』）でした。私たちが用いるのは三訂版です。

『ムーミンパパの思い出』で、ムーミンパパは自伝を執筆します。彼はかつて「みなし子ホーム」に捨てられ、そこで成長した夢見がちなロマンチストのムーミントロールでした。ムーミンパパの最初の友だちで発明家のフレドリクソン（人間型だが、動物のような髭としっぽがある）、フレドリクソンの甥でガラクタ収集を好むロッドユール、船に忍びこんでいた気ままなヨクサル（服装も顔もスナフキンに似ている）と合流し、ムーミンパパはフレドリクソンが作った「海のオーケストラ号」に乗って、大航海に乗りだします。竜のエドワードとの交流、モランから逃げるヘムレンおばさんの救出、群れて暮らす齧歯《げっし》類風の生きものニブリングの生態、放浪癖のあるニョロニョロへの共感、離れ小島の王さまの100歳の誕生日を祝う園遊会、島での村づくり、友人たちとの心のすれ違いなどが叙述されます。さらにムーミンパパは、多産なミムラ夫人の一族（彼女とヨクサルのあいだに生まれるのがスナフキンです）、ロッドユールとソースユールの結婚（このふたりのあいだにスニフが生まれます）、かわいい女の子のムーミントロール（のちのムーミンママ）との出会いを物語ります。最後に、ムーミンパパの思い出話に登場したキャラクターたちがムーミン屋敷を訪問し、お祭り状態になって、彼らは新しい冒険に出ることを宣言します。

ムーミンパパのモデルはトーベの父ファッファンですが、ファッファンが彫刻家だったのに対して、ムーミンパパは本を書いているのですから、トーベの分身という側面もあると思われます。物語の全体はルネサンス時代のイタリアの彫刻家ベンヴェヌート・チェッリーニによる『チェッリーニ自伝』のパロディないしオマージュになっているようです（ヴェスティン 2021: 298）。チェッリーニは金細工なども得意でしたが、冒険に満ちた奔放な自伝も有名で、日本でも翻訳されています。トーベはチェッリーニとファッファンを重ねあわせ、父に似た個性を持ったじぶんも混ぜこんで『ムーミンパパの思い出』を書いたということになりそうです。

## ジュール・ヴェルヌへのオマージュ

潜水艦にも飛行船にもなる万能の船「海のオーケストラ号」による旅という趣向は、ジュール・ヴェルヌへのオマージュだと思われます。ヴェルヌには、潜水艦による冒険を描いた『海底二万里』、気球によるアフリカ探検を描いた『気球に乗って五週間』、さまざまな交通機関を駆使した世界一周物語『八十日間世界一周』、人間が乗りこんだ砲弾による月面への旅を描いた『月世界旅行』二部作などの作品があります。『小さなトロールと大きな洪水』にはヴェルヌの『グラント船長の子供たち』へのオマージュという要素がありましたが、『ムーミンパパの思い出』ではトーベのヴェルヌ愛好の思いをもっと大々的に謳っています。島で生活する展開にしても、ヴェルヌの『十五少年漂流記』を意識したのではないでしょうか。

海中を進む「海のオーケストラ号」は、白と黒のメリハリが利いていて、ヴェルヌ作品もそうだったように、19世紀のヨーロッパで数多く出版された、銅版画を使った挿絵入り小説を意識しているように見えます。加えて言うと、私はニューロマイノリティに「白黒思考」や「ゼロ百思考」と呼ばれるものが顕著で、メリハリの利いた表現を好む傾向があることも思いだしてしまうのです。色彩にしても音響にしても、私たちニューロマイノリティには、くっきり・はっきりしたものに惹かれやすいところがあります。トーベはフルカラーでムーミン世界のキャラクターを描くとき、極彩色に近い演出を加えることが多かったのですが、それを白黒で表現しようとすると、この挿絵のようになるのだと思います。

## ADHDの冒険家気質

『ムーミンパパの思い出』に描かれた、夢みがちでおっちょこちょいなところも目立つムーミンパパの姿を追っていると、私は交流がある、日本の代表的なノンフィクション作家として活躍する高野秀行さんのことを思いだしてしまいます。高野さんは注意欠如多動症と診断されています。先に、この発達障害があると放浪癖が生まれやすいことを述べましたが、おそらくその放浪癖が発展したものが冒険家気質です。高野さんの体験世界は、私の『みんな水の中』に対する書評によく示されているので、ちょっと引用してみましょう。

横道さんほどひどくはないが、私も不断に「夢想（と名づけている）」にとらわれている。それは時に原稿のネタになりそうなアイデアだったりもするが、たいていはどうでもいい過去の失敗の記憶（3年前ある人に失礼なことを言ってしまったとか）や、目の前に世界にただ反応した感想など（トヨタ・レクサスのLはなぜいつ見ても三菱ランサーを思い出させるのかとか）である。そして、その夢想がそれまでの思考や行動を分断してしまうので、生活上の障害となる。

例えば、今は6月であるが、こんなことが起きる。用があって午前中の早い時間に家を出て歩いていたら、風が思いのほか涼しい。「秋風みたいだ」と思った瞬間、今が11月であるという想いに襲われた。「もう暮れか、今年も早かったな」とか「いつも1年が早いが年々早くなる。人生における1年が相対的に短くなっているせいだな」などと考えているうち、Tシャツ姿の通行人などを見て「いや、今は11月じゃない！」と我に返るのはいいが、「あれ、俺、今どこへ向かっていたんだっけ？」とそれまでのことを何もかも忘れている。場合によっては今自分がどこにいるかも一瞬わからなくなり、認知症の人の気持ちが理解できてしまう。（高野 2021：463–464）

それから本書を読んで初めて知ったのだが、ＡＤＨＤは「冒険主義的」だという。私が小心者のくせに冒険的なのも実はＡＤＨＤのせいだったのか。そう言えば、日本を代表する冒険家・作家である角幡唯介《ゆうすけ》（私の早大探検部の後輩）も「極端な方向音痴で、ひじょうに忘れっぽく、人の話を聞いていると上の空になり、持ち物をすぐなくす」と言っているので、やはりＡＤＨＤなのかもしれない。

では、なぜＡＤＨＤは冒険的なのか、そしてそんな不注意な脳の持ち主になぜ冒険や探検ができるのか。その辺は今後、じっくり調べてみたいが、なにしろ危険が伴うので……（以下略）。（高野 2021：464–465）

『ムーミンパパの思い出』に描かれたムーミンパパの気ままというか気移りの激しい様子を見ていると、ムーミンパパが実在していたら、あるいはトーベの父のファッファンは、高野秀行さんに似ている人だったのではないか、と私は想像してしまうのです。

## パートナー同士の外見を似せて描いた理由

『ムーミンパパの思い出』で、ムーミンパパがフレドリクソンに寄せる熱い友情は、ムーミントロールがスナフキンに寄せるそれにそっくりです。私はムーミン・シリーズを読んでいると、トーベがいわゆる「ソウルメイト」(魂の伴侶)に憧れていたんだろうな、と推測せずにいられません。『たのしいムーミン一家』でトフスランとビフスランがそっくりに描かれていたのは、表面的な意味あいとしては、同じ種族ということを意味しているのだと思うのですけれども、深層的な意味あいとしては、ソウルメイト同士、つまりベストパートナーだからではないでしょうか。モデルになったトーベとヴィヴィカは、外見的には似ていると言えません。しかしトーベはふたりの心が通じあっていると感じたから――少なくともそう感じる瞬間があったから――、トフスランとビフスランを、そっくりに描いたんだと思うのです。

『ムーミンパパの思い出』では、ロッドユールがベストパートナーとしてソースユールと結婚し、のちにムーミンパパになるムーミントロールがのちにムーミンママになるムーミントロールに出会います。彼らのモデルになったファッファンとハムは、外見的にはやはり似たもの同士ではありません。でもトーベは両親をベストパートナーと思ったから、あるいはそのように思いたかったから、ムーミンパパとムーミンママを外見が似たキャラクターとして造形したのではないでしょうか。

この問題を現実主義的な見解でもって補強しても良いです。仲の良い夫婦って、互いに気持ちを通いあわせていく過程を経て、内面的にどんどん似てくるし、外見的にも似てきます。もちろん容貌がメタモルフォーゼするわけではなくて、表情や仕草が互いに擦りよっていくんですよね。そのようなソウルメイトにトーベは憧れていたのだと思います。

## 海に惹かれるムーミン特有の性質

自然描写についても眼を向けてみましょう。『ムーミンパパの思い出』でも自然風景は美しく記述されています。ムーミンパパが冒険の旅に出る様子はこんなふうです。

わたしは小川に足をふみ入れると、なんにも考えないでつめたい水の中を歩きはじめました。川はわたしには関係なく、かってにゆっくりと流れていました。川の水はあるところではすんで、川底の小石がよく見え、またあるところでは深くよどんで、すごい色をしています。太陽はだいぶかたむいて、まっ赤な色になり、松の幹の間からわたしを照らしました。まぶ

しさに目をつぶって、先へ先へと水の中を歩いていきました。(『思い出』pp.41-42)

『たのしいムーミン一家』で描かれたムーミントロールの水への親和性が、遺伝的に父のムーミンパパに由来するものだということが暗示されているのです。その問題に関して、もっとはっきりした説明も出てきます。


すみきった緑色の水の底で、砂は熊手でかいたような、美しくて小さい波もようをえがいています。岩の上には、ぽかぽかと日があたっていました。風も凪《な》いで、もう水平線は消えていました。すべてが明るくすきとおった光につつまれていたのです。

あのころ、世界はとても大きくて、小さなものは今よりもっとかわいらしく、ささやかだったように思います。そのほうがわたしには心地よいのですが、おわかりになりますか。

ちょうどそのとき、

(海にひきつけられるというのは、どうやらムーミン特有の性質にちがいない)

という、きっと大切な考えが浮かんできました。

それがむすこにも遺伝しているのを見て、わたしはおおいに満足しているのです。

しかし、読者のみなさん、それよりもっとわたしたちをひきつけるのは浜辺であるということを、わすれないでくださいね。(『思い出』p.103)

ニューロマイノリティの特性は、親子間で非常に高い確率で遺伝します。ムーミンパパからムーミントロールへ水への親和性が受けつがれたように、ロッドユールからスニフへは、ガラクタ趣味が遺伝したようです。ロッドユールの宝物は、こんなふうに描写されています。

宝物といっても、銅のぜんまい、ガーターのゴム、ベルトの穴開けパンチ、イヤリング、ダブルのプラグ、空き缶、かえるの干ぼし、チーズ切り、たばこの吸いがら、ボタンをどっさり、ソーダ水のびんの特許を取ったふたなど、がらくたです。（『思い出』p.51）

本書を書いている私自身もガラクタの一大収集家ですから、ロッドユールやスニフのガラクタマニアぶりにこよなく共感してしまうのです。

# 『ムーミン谷の夏まつり』

## マンガ版が及ぼした影響

ムーミン・シリーズ第5作『ムーミン谷の夏祭り』の原題は*Farlig midsommar*（『あぶない夏盛り』）です。本作以降、本文の改訂はされなくなりました。トーベは、じぶんの作風が本作以降で一定の水準に達した、と判断したのでしょうね。刊行された1954年、トーベはイギリスの新聞でムーミンのマンガ版を連載しはじめました。『ムーミン谷の夏まつり』にはその影響が顕著で、イラストがこれまでよりも豊富に織りこまれていて、読み味はかなりマンガっぽいですし、物語の展開にしてもマンガ的なノリを活かしています。

夏至を迎える6月になっても、冬の旅に出ていたスナフキンがムーミン谷に帰ってこないので、ムーミントロールは悲しい気分でいます。夜になって火山が噴火し、谷は洪水に見舞われます。ムーミン屋敷はなかば水没して、ムーミン一家は生活に支障を来たします。一家は流れついてきた劇場に移住しますが、やがてトラブルが起きます。ムーミントロールとスノークのおじょうさんが、劇場のそばの木の上で眠っていると、劇場が水で流されてどこかに行ってしまい、ふたりは一家とはぐれてしまうのです。ついでミイも劇場の床から水のなかに転がり落ちてしまい、流されていって、はぐれます。ミイは一緒に流されてしまったムーミンママの裁縫かごに入りこんで漂流していき、それをスナフキンが偶然に釣りあげ、ふたりはともに行動するようになります（ちなみに彼らはともにミムラ夫人の子どもで、姉と弟ということになります）。ムーミントロールとスノークのおじょうさんが、出会ったフィリフヨンカ（やせて背が高く、細くとがった鼻と長い髪が特徴）と焚き火をしていると、誤解もあっておまわりさんのヘムルに逮捕されてしまいます。

劇場ではムーミンパパが演劇の台本を執筆し、上演することになります。ドタバタした展開が加速し、上演の日に主要キャラクターたちが集結します。いつもながらの大騒ぎが描かれ、水が引いて、それぞれが家に帰ります。

『小さなトロールと大きな洪水』、『ムーミン谷の彗星』と同様に、今回も大災害が描かれます。ニューロマイノリティが愛好する同一的モティーフの反復と言えるかもしれませんが、先の2作と『ムーミン谷の夏まつり』の雰囲気は、だいぶ異なったものです。洪水やムーミン屋敷への浸水は大事件なわけですが、作品全体がドタバタ劇の様相を呈していて、大きな悲壮感はありません。いつも以上にキャラクターたちの行動はバラバラで、それが作品全体にポリフォニー（多声性）のニュアンスを与えています。そのポリフォニーのニュアンスが多幸感を演出しています。

## 芸術家や学者たちのコミュニティとムーミン谷

私が思うに、ムーミン谷とはおそらく、トーベ自身が属していた芸術家たちや学者たちのコミュニティのメタファー的存在です。その共同体としての理想が『ムーミン谷の夏まつり』に描かれたのではないでしょうか。すでに述べたとおり、ニューロマイノリティは芸術家に適していると見なされます。それもあって、芸術家の世界には似たもの同士が多いと思うのですが、しかし彼らは「自閉的」な傾向を持つためにとても我《が》が強い人たちなわけです。それがときには、深刻な葛藤ももたらすはずです。共同体の存続が危機に瀕することだってあるかもしれません。そういう現実とは裏腹に、ムーミン谷はあくまで平和です。「自閉的」で我が強いキャラクターだらけなのに、そして彼らはバラバラに行動しているのに、共同体は問題なく持続していきます。そのようなムーミン谷は、トーベにとって「現実もこうだったら良いのに」と感じさせる理想郷だったのではないでしょうか。

夏が舞台ということ、作中で演劇が上演されるということから、トーベはシェイクスピアの喜劇、とりわけ『真夏の夜の夢』を意識して『ムーミン谷の夏まつり』を書いたのではないか、と推測できます。本作の献辞にしても、舞台演出家だったヴィヴィカに捧げられています。ヴィヴィカとの恋愛は早くに散ったのですが、ふたりは友人として信頼関係を維持しました。1948年に『たのしいムーミン一家』でトーベが人気作家になると、ヴィヴィカの発案で最初のムーミン演劇が構想され、1949年の年末に『ムーミン谷の彗星』が『ムーミントロールと彗星』として舞台化されました。これらの経験が、『ムーミン谷の夏まつり』にみなぎる賑やかな印象と、クライマックスを構成するムーミンパパが台本を書いた『悲劇「ライオンの花よめたち――血のつながり」』へと発展したのだと思われます。

## フェミニティあふれるヒロイン

本作では、スノークのおじょうさんのヒロインとしての魅力が爆発しています。とくに劇場で衣装部屋に入る場面ではフェミニティがあふれています。

「衣装……服……ドレス!」

小さく声に出して、ドアのハンドルを動かすと、中へ入りました。

「まあ、すてき! ほんとに、なんてきれいなんでしょう」

おじょうさんは、胸がどきどきしました。

ドレス、ドレス、ドレス。ドレスばかりが見わたすかぎり、いく百となく、ぎっしりとならべられて、何列も長々とつり下がっているではありませんか。金銀の糸で作られたドレスも、雲のようにふわふわのチュールや白鳥の毛のドレスも、花がらのシルクのドレスもあります。ダークレッドのベルベットのドレスも、たくさんのスパンコールが光り、つぎつぎ色が変わる、きらきらのドレスもありました。

近づいてみて、スノークのおじょうさんは、ほうっとなってしまいました。指でドレスにさわってから、腕いっぱいにドレスを抱え、鼻におしつけたり、胸にだきしめたりしました。ドレスはサラサラと鳴って、ほこりと香水のにおいを立てました。やわらかいドレスたちは、おじょうさんをはてしなくやわらかな世界にひきずりこんだのです。（『夏まつり』pp. 76–77）

この場面が描かれた挿絵ではスノークのおじょうさんの顔つきは陶酔し、エクスタシー（性的絶頂）を感じさせます。

同じように濃厚なフェミニティを感じさせるキャラクターとして、本作にはミムラも登場しています。彼女の顔つきにもエクスタシーのニュアンスを感じさせる場面があります。二村さんはミムラとミイという姉妹ふたりは、トーベのいつもの流儀で、同一のキャラクターがふたりに分裂した存在のように感じられると言っていました。女性の性的な側面とそうではない側面の分裂というわけです。トーベにとっては、その両方が重要だったのではと思われます。前作『ムーミンパパの思い出』には、たくさんのミムラたちが出てきていました。多産の一族なのです。ですからミムラは恋愛、結婚、多産、繁栄の女神アフロディーテ（ヴィーナス）のようなシンボル的存在かもしれません。『ムーミン谷の夏まつり』にはスナフキンが面倒を見ることになる24人もの子どもたちが登場して、大量に集まって移動するニョロニョロも姿を見せます。これらも多産性を連想させますし、全体に漂う多幸感を強めています。

スノークのおじょうさんがヒロインとして魅力を発揮し、彼女とムーミントロールが公認のカップルとして表現される本作ですが、そうとはいえ、すでに次作以降での彼女の没落の予兆も描かれてしまっています。冒頭近くでムーミントロールにとってのふたりの重要なキャラクターがつぎのように表現されています。

スナフキンは、ムーミントロールの親友でした。いうまでもありませんが、ムーミントロールはスノークのおじょうさんも大好きです。だけど、おじょうさんは女の子ですから、それとこれとがそっくり同じというわけにはいかないのです。(『夏まつり』p.18)

スナフキンは留まりつづけ、スノークのおじょうさんは存在感を弱めていきます。つぎにスナフキンについて考えてみましょう。

## 24人の子どもの世話をし、禁止の立て札を引き抜くスナフキン

『たのしいムーミン一家』が、ムーミントロールとスナフキンのいちゃいちゃしている場面か

ら始まって、終盤にスナフキンを思って悲しむムーミントロールの描写があるのと対照的に、『ムーミン谷の夏まつり』は、スナフキンを恋しがるムーミントロールの描写から始まり、ムーミントロールとスナフキンの再会がクライマックスで描かれます。作品が執筆された背景に視線を転じると、トーベはすでに1952年にアトスと恋人としては決定的に破局していましたが、彼はたいせつな友人としてトーベの心に住みつづけることになりました。

『ムーミン谷の夏まつり』では成りゆき上、置きざりにされたり迷子になったりした24人の子どもたちの世話を焼くことになるスナフキンが描かれます。ふだんのスナフキンには父性的な印象がありませんから、意外なイメージと言えるでしょう。さらに意外なのは、いつもの飄々《ひょうひょう》とした態度を捨てて、反逆児的な姿を見せる場面があることです。おそらく現実上のアトスをむしろ反映しているのかもしれません、それはつぎのようなスナフキンの公園での行状です。

スナフキンは、自分のしたいことをぜんぶ禁止している立てふだを、残らず引きぬいてしまいたいと、これまでずっと思いつづけてきました。ですから、

（さあ、今こそ！）

と考えただけでも、身ぶるいがするのでした。

まず、『たばこを吸うべからず』のふだから始めました。

つぎには、『草の上にすわるべからず』をやっつけました。
それから、『笑うべからず、口笛を吹くべからず』に飛びかかり、
つづいて、『両足で飛びはねるべからず』を、ずたずたにふみつけました。
小さい森の子どもたちは、ただただあっけにとられたまま、スナフキンを見つめていました。

（『夏まつり』p. 118）

他人に自由を制限されたくないスナフキンは、じぶんの自由を守るためなら、こんなに大胆に乱暴になるのだと考えられます。

## 自然描写と多幸感

さて、またまた自然描写の話をしておきましょう。本作でも、やはりムーミントロールと水の親和性が強調されています。スナフキンを恋しがるムーミントロールは、ぼんやりとした目つきで池の横に寝ころんでいます。とても個人的な意見ですが、私はムーミン・シリーズすべての挿絵のなかで、この場面でのムーミントロールの絵がいちばん好きです。横たわった彼のまわりでは自然界が初夏を謳歌しています。

池のまわりには、すべすべしてつやのある大きな葉っぱがしげっていて、トンボやミズスマ

シがその上で休んでいました。水面の下では、いろんな小さい虫たちが、ゆうゆうと動きまわっています。もっと下のほうには、カエルが目を金色に光らせていました。いちばん底のどろの中に住んでいる、カエルの親類みたいなおかしな生きものが、ちらりとすがたを見せることもありました。（『夏まつり』p.12）

自然とシンクロしやすいニューロマイノリティの世界観が具現化されたかのような風景描写です。水が引きはじめ、災害が収まる場面は、勢揃いしたキャラクターたちが楽しそうにしています。と同時に自然界の様相が記されて、本作の多幸感は頂点に達します。

やっと、水が引きはじめました。洗い流されたばかりの海岸が、ゆっくりと日光の中にふたたびすがたをあらわしました。最初に顔をつき出したのは、木々たちでした。寝ぼけたようなこずえを水面の上にふるわせ、それから、あんなひどいできごとのあとでも、なにも失わなかったことをたしかめるように、枝をさしのばしました。いためつけられた木立は、いそいで新芽を出しています。小鳥たちは元のねぐらを見つけ、水の引いた丘の上では草の上に寝具が干されていました。（『夏まつり』p.206）

トーベの描きだす自然の姿は、ほんとうに美しいですね。

## トーベの仕掛け

『ムーミン谷の夏まつり』で、ムーミントロールたちが逮捕されてしまう場面は、もちろん物語を盛りあげるための演出にほかなりませんけれども、私は「やらかし体験」によって叱られたり責められたりする発達障害者の人生を暗示しているようで、微笑を浮かべてしまいます。

畑中さんは「自閉的ということなら、本作に登場するホムサがいちばんそうだと思う」と言っていました。たしかに人間のような生きもののホムサが見せる控えめな態度と旺盛な空想力は、ニューロマイノリティの特徴にかなっています。また畑中さんは「スウェーデン語の母語話者が『ホムサ』という名前を聞いて連想するのは『ホモセクシャル』みたいです」とも教えてくれました。なるほど、そうわかると、『たのしいムーミン一家』でトフスランとビフスランがトーベの同性愛を仄《ほの》めかしていたのと同様の役割を『ムーミン谷の夏まつり』ではホムサが果たしていることになりますね。このようなトーベの仕掛けに対して、私はいつもニューロマイノリティらしい「強烈なこだわり」を見てとります。

# 『ムーミン谷の冬』

## 造語癖

『ムーミン谷の冬』（*Trollvinter*）は1957年に刊行されました。Trollvinterとはトーベの造語です。『たのしいムーミン一家』は原題を*Trollkarlens hatt*（『魔法使いの帽子』）というのでしたね。ですから「ムーミン谷の冬」は「魔法の冬」とも訳せます。さらに北欧文学者の中丸禎子《ていこ》さんは、trollkonstが「素晴らしい芸術」という意味なので、Trollvinterは「素晴らしい冬」と訳すことができると指摘しています（中丸2011）。

ここまでにもトーベの造語癖について指摘してきました。造語癖は精神医学の領域では「言語新作」（造語症、ネオロギズム）と呼ばれ、統合失調症者によく見られることが話題になります。私が観測した範囲では、ニューロマイノリティにも造語癖がよく見受けられます。私自身、長いあいだじぶん専用の漢字やカタカナの熟語を作ったり、サ行変格活用動詞でない単語

をサ行変格活用動詞であるかのように使用したりする変わった癖がありました。たとえば、いつも水の中にいる感覚を帯びているじぶんを「水中世界族」と名づけたり、五感の感受性が高まっていると感じたときにじぶんを「ニューロマシーン」と呼んだり、途方もなく大きな気持ちになったときに「宇宙している」と表現したりしてきたのです。じぶんと周囲の人とのあいだにコミュニケーションの断絶が起こりやすいために、独自の表現でなんとかしようとする、あるいは特定の対象にこだわりが強いために、じぶんならではの言葉でないと表現できないと感じるのが理由だと思います。そんなわけで、私には独自の造語をちりばめながら作品を書いていたトーベの気持ちがよくわかる気がします。

## トゥーティッキとトゥーリッキ

『ムーミン谷の冬』は、ムーミン一家が先祖代々の習慣にしたがって、11月から4月にかけて冬眠しているところから始まります。真冬のある日、ムーミントロールはとつぜん目覚めてしまい、もう寝つけません。彼はひとりきりで、冷たく静かな冬の世界に踏みだします。やはり冬眠から目覚めてしまったミイ、冬眠せずに暮らしているトゥーティッキ（赤と白のストライプのセーターを着て、ぼんぼんの付いた帽子をかぶり、腰にナイフを下げている人間型のキャラクター）が合流します。トゥーティッキは氷姫に捧げるために不気味な雪の馬を作ります。それからムーミン一家のご先祖さまが姿を現して、ムーミン屋敷の模様替えをおこないます。

犬のめそめそ（赤いナイトキャップのような帽子をかぶり、ときにマントを身に着けている小さな犬）、小さな人間のような生きもののクニットのサロメちゃん、スキーをするヘムレンさんなどが合流しますが、やがて彼らはおさびし山に去っていきます。春になってムーミンママが目覚め、ムーミントロールはスナフキンの帰還を楽しみに待ちます。

『ムーミン谷の冬』でまず注目すべきキャラクターと言えば、初登場のトゥーティッキでしょう。トーベは1955年になって、以前から知りあいだったトゥーリッキと恋人関係に入り、ふたりが同棲を始めてから1年くらいの頃に、本書が出版されました。献辞は母のハムに捧げられていますが、物語の内容はトゥーリッキへの愛情告白と言ってもいいものになっています。もしかするとトーベは、母親にじぶんとトゥーリッキの関係を認めてほしいと願って、本書を「母に捧げる」という形にしたのではないでしょうか。一方でスナフキンは相変わらず不在で、ムーミントロールは前作『ムーミン谷の夏まつり』と同様に彼を恋しがっています。トーベにとってのアトスの存在感の大きさがわかるというものですね。

### 過酷な冬の描写とトーベの精神的風景

本作にも大災害が影を落としています。外はいたるところ雪景色で、屋敷でひとり起きだしたムーミントロールの姿は、怪奇小説の挿絵を思わせる筆致で描かれています。雪の馬は本文中で説明されるとおり、あまりにも「不気味」な印象を漂わせています。氷姫の眼のなかを覗きこんだ小りすが、死んでしまうという展開が描かれます。ムーミントロールたちは冬の死の世界に投げだされているという状況にいるわけで、その意味で『ムーミン谷の冬』は『小さなトロールと大きな洪水』、『ムーミン谷の彗星』、『ムーミン谷の夏まつり』に続いて、またしても災害による破局がテーマなのです。ムーミン・シリーズにとっておなじみの水も、よそよそしい氷や雪に変形してしまっています。ムーミントロールは氷の海で溺れかけたり、吹雪に見舞われたりします。このような川の描写があります。

ムーミントロールはせっせと雪の中を歩いていき、川に出ました。ムーミンやしきの夏の庭をぬけて、いつもサラサラと音を立てながら、いかにもたのしそうに流れていた、あのすみきった川です。
ところが今は、すっかりようすがちがっていました。まっ黒くなって、どんよりと流れているのです。まわりの世界と同じく、ムーミントロールには、ちっともしたしみがない感じでした。（『冬』pp.17–18）

ムーミントロールは思います。

（死んでしまったんだ。ぼくが眠っている間に、なにもかも死んでしまったんだ。この世界はきっと、ぼくの知らない、だれかほかのやつに占領されちゃったんだろうな。きっと、モランのしわざだぞ。もうこの世界は、ムーミンが生きるところじゃなくなったんだ）（『冬』pp. 18–19）

このような過酷な冬の描写はフィンランドの実情に即しているところがあるのでしょうけれども、おそらく、トーベの精神的風景にも呼応しています。本作を執筆していた頃、トーベは新聞に連載していたマンガ版のムーミン物語とそれに絡んだキャラクター・ビジネスにうんざりするようになっていて、それでトーベはそのゴタゴタがいかに「地獄のような」ものかを表現したくて、『ムーミン谷の冬』を書いたと語ったことがあります（カルヤライネン 2014: 249–250）。

## ニューロマイノリティ的特性のある振るまい

冬の寒さもあってでしょうし、トーベが内省的にじぶんに向きあった過程も反映してでしょうけれども、『ムーミン谷の冬』のキャラクターの振るまいは過去作よりもニューロマイノリティ的特性を強めています。キャラクターたちは好んで物に話しかけたり、うぬぼれに耽ったり、謎の論理を披露したり、自分語を話したり、奇想天外な考えを漏らしたり、ひとりきりの世界に閉じこもったりします。

「ぼくはここを出ていく。きみたちには、あきあきだよ」

ムーミントロールは手きびしく、シャンデリアに向かっていいました。（『冬』p.16）

やがて子りすは、山のどうくつのところに出たので、ぴょんと中に飛びこみました。ところが、とたんにもう気がちってしまって、ふとんのことなど、すっかりわすれてしまいました。

かわりに、そこにちょこんとしっぽを立ててすわりこみ、

（みんなは、ぼくのことを、すばらしいひげのりすって呼んでもいいんだけどな）

なんて、考えはじめていたのです。（『冬』p.21）

「ここは、うちのパパの水あび小屋だよ」

ムーミントロールは口をはさみましたが、トゥーティッキはまじめな顔でつづけました。

「あんたのいうとおりかもしれないけど、まちがっているかもよ。そりゃ、夏の間は、パパの小屋だったでしょうよ。でも、冬はこのトゥーティッキのものですからね」（『冬』p.34）

まゆ毛のある生きものが返事をしました。

「シュナダフ、ウムフ」

「なんですって」

ムーミントロールは、びっくりして聞きかえしました。

「ラダムサ」

相手は、おこっていいました。

「この人には、自分だけのことばがあるの。それで、あんたにひどいことをいわれたと思ってるわけ」

トゥーティッキがこう、説明しました。(『冬』pp.83–84)

(雪って、こんなふうにふってくるのか。ぼくは、下から生えてくるんだと思っていたけどなあ)

ムーミントロールは、そう思いました。(『冬』p.139)

ちびのミイはいつでも、自分ひとりでたのしむことを知っていました。自分がなにを考えようと、春がどんなに好きであろうと、それを人に話す必要を少しも感じなかったのです。

(『冬』p.168)

『ムーミン谷の冬』には、なんというゆたかな「自閉世界」が広がっていることでしょうか。

## 「パリピ」的ヘムレンさん

スキーを楽しむヘムレンさんは、ゴーイングマイウェイの態度で、ムーミントロールを辟易させますが、もちろん悪気のある人ではありません。このようにあっけらかんと「パリピ」(パーティーピープル)的態度で行動するニューロマイノリティもわりとたくさんいます。彼らはちょっと鈍感というか、察しが悪いところがあるのですが、このヘムレンさんもクニットのサロメちゃんから好意を寄せられているのに、なかなか気づきません。

ヘムレンさんが自分の雪の家まで来て、中をのぞいてみると、あの小さいクニットのにおいがただよっていました。

(おちびちゃんは、ここにぼくをさがしにきたんだな)

ヘムレンさんは、のんきに考えました。

(でも、なぜここに……?)

するととつぜん、ヘムレンさんはうっすら思い出したのです。——サロメちゃんが、なにか自分に話そうとしたけれど、気おくれして、もじもじしてばかりだったことを。

吹雪の中を歩きつづけながら、ヘムレンさんはつぎつぎ思い出しました。スキーの丘で待っていたサロメちゃん……自分のあとを追ってきたサロメちゃん……真鍮《しんちゅう》のホルンに鼻をくっつけていたサロメちゃん……。

そしてヘムレンさんは、どきっとしたのです。

(ぼくはどうも、あの子にやさしくなかったぞ)（『冬』pp. 148–149）


ニューロマイノリティの綾屋紗月《あやや さつき》さん（東京大学の先端科学技術研究センターで研究者として働いています）は、じぶんの例を参考にしつつ、「自閉」とは何かを問題として、それに「身体内外からの情報を絞り込み、意味や行動にまとめあげるのがゆっくりな状態。／また、一度できた意味や行動のまとめあげパターンも容易にほどけやすい」と独自の定義を施しています（綾屋／熊谷 2008: 76）。綾屋さんは、そのようなある種の「遅さ」や「鈍さ」がニューロマイノリティの特徴だと考えたのですね。実際には、「処理速度」と呼ばれる知能指数が異常に高いニューロマイノリティもたくさんいるのではありますけれども、綾屋さんがイメージした（彼女自身に類似した）タイプのニューロマイノリティも同様にたくさんいます。

## メタフィクションへの志向

ムーミン・シリーズの作風に関して注目すべき点のひとつは、トーベのメタフィクションへの志向だと思うのです。メタフィクションとは、物語がフィクション（虚構、作り話）だということを読者に意識させるような要素を盛りこんだフィクションのことです。『ムーミンパパの思い出』が『チェッリーニ自伝』やジュール・ヴェルヌの諸作品を容易に連想させる、というのもメタフィクション的な仕掛けと言えるでしょうけれども、『ムーミン谷の冬』には、さらにおもしろい仕掛けがあります。小りすが氷姫の眼のなかを見て命を落とす場面で、こんな記述が現れます。

（ここでみなさんが、かなしくて泣きそうになったなら、大急ぎで179ページを見てごらんなさい。──作者より）（『冬』p.64）

実際にそのページをめくってみると、そこでは、生きかえった小りすが元気に跳ねまわっている姿が眼に飛びこんできます。このようなメタフィクション的仕掛けは、ニューロマイノリティにとって文脈（日常生活では「空気」と表現されることも多いもの）を読むのが難しかったり、ニューロマイノリティが独特な仕方で文脈を読んだりする傾向にあったりすることを芸術的に昇華している、という感があります。「脱文脈力」と呼べるかもしれません。私が好きな日本の創作者として、村上春樹や庵野秀明などがいるのですが、彼らも「脱文脈」の能力が高くて、創作でメタフィクションを志向する傾向がありますから、私としては彼らにもニューロマイノリティとしての特性があるんじゃないかなと思って作品を楽しんでいます。

## スノークのおじょうさんへの関心の変化

冬の厳しさが強調されていた『ムーミン谷の冬』ですが、やはり決定的な破局のようなものは描かれません。全体に悲壮感が漂っているわけでもありません。それはやはり、冬の世界のあとには最初から春の世界が約束されているという事実のためでしょう。

しかしながら春になって、冬眠から覚めたムーミントロールとスノークのおじょうさんとのあいだに、ささやかな意見のすれ違いが起きます。

スノークのおじょうさんが、クロッカスの芽を見つけました。今年一番乗りの勇気あるクロッカスが、南側の窓の下、あたたかな地面から顔を出していたのです。でもまだ、緑色にはなっていませんでした。

「この上にガラスをかぶせてあげないと。夜中に寒くなってもだいじょうぶなようにね」

スノークのおじょうさんはいいました。

「いや、だめだよ。自分の力でなんとかさせよう。この芽も多少苦しいことにあうほうが、しっかりすると、ぼくは思うよ」

ムーミントロールはそういうと、急にとてもうれしく感じ、なんだか、ひとりになりたくなりました。（『冬』pp. 193–194）

スノークのおじょうさんは、前作『ムーミン谷の夏まつり』でヒロインとしての存在感をぞんぶんに発揮したにもかかわらず、本作では最後の最後にしか姿を見せません。しかも、次作以降にはほとんど登場しなくなってしまいます。スノークのおじょうさんは、おそらくトーベの文通相手のエヴァ、ヴィヴィカ、そしてトーベ自身が複雑に融合したキャラクターではないかと推測できるのですが、さらに言えばトーベが憧れた理想のお姫さま的な女の子、そういう女の子になりたいとも思い、同時にそういう恋人がいたら幸せだろうな、とも夢想したトーベの願望を具現した存在だったのではないかなと思います。しかしトーベは、トゥーリッキというベストパートナーを得たことによって、そして彼女がスノークのおじょうさんとはまるで異なるタイプだったことで、スノークのおじょうさんというキャラクターへの関心を喪失したのではないでしょうか。

冬を体験してこれまでよりもおとなになったムーミントロールと、以前のまま変わらないスノークのおじょうさんという対照。トゥーリッキという伴侶を得たトーベと、かつてじぶんが憧れたタイプの女の子との対照。『ムーミン谷の冬』で最後に姿を現したスノークのおじょうさんのクロッカスの手助けをしようという発言は、じぶんの力で切り開くことの大切さを知ったムーミントロールからあっさり否定されました。直後に彼が「なんだか、ひとりになりたく」なったというのは示唆的です。

トーベは生涯の伴侶を得たことで、これまでよりじぶんらしくあることができるようになった、つまり安心して「自閉」し、思うぞんぶんじぶんの世界を楽しんでいられるようになったということではないでしょうか。

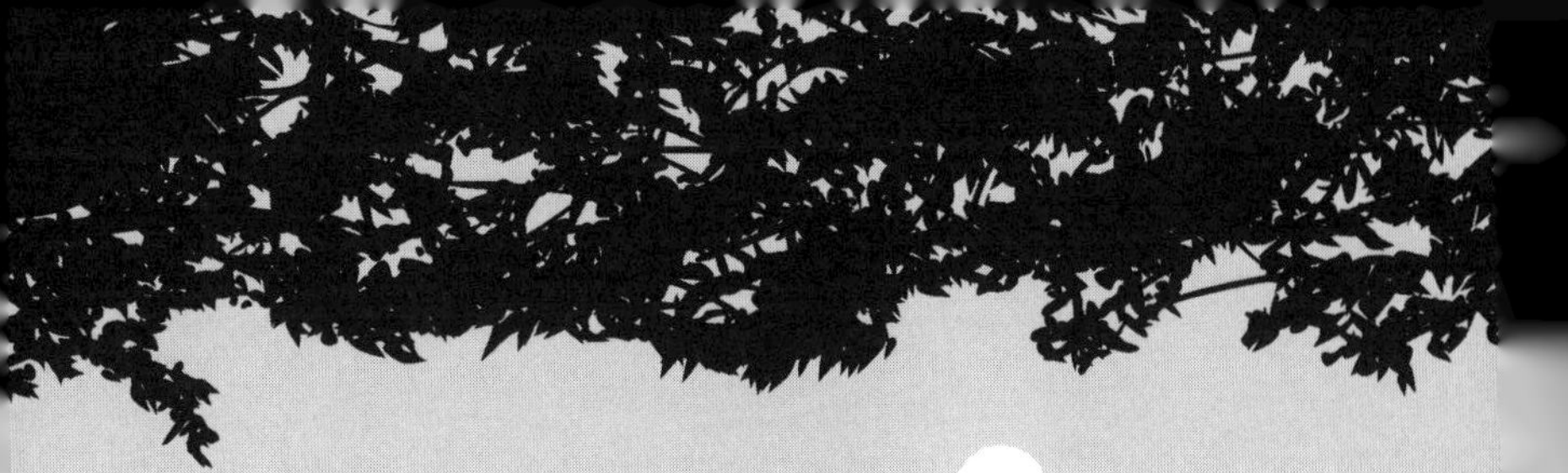

# 4 シリーズ後期

『ムーミン谷の仲間たち』
『ムーミンパパ海へいく』
『ムーミン谷の十一月』

# 『ムーミン谷の仲間たち』

## 写実的でサイコホラー的になった絵柄

ムーミン・シリーズ第7作『ムーミン谷の仲間たち』の原題は*Det osynliga barnet*（『目に見えない子』）といって、1962年に刊行されました。シリーズ唯一の短編集で、書名は収録された短編のひとつから取られています。評判は高く、刊行の翌年には、『ストックホルム・ティードニンゲン』紙の「スウェーデン語系フィンランド人賞」を受賞しました。

献辞は「ソフィアへ」となっています。これはトーベの2番目の弟ラルスの娘、つまりトーベの姪のソフィア・ヤンソンを指しています。のちに連作短編集『少女ソフィアの夏』で主人公のモデルになった女性でもあります。

収録されている短編はつぎのとおりです。

「春のしらべ」
「ぞっとする話」
「この世のおわりにおびえるフィリフヨンカ」
「世界でいちばん最後の竜」
「静かなのが好きなヘムレンさん」
「目に見えない子」
「ニョロニョロのひみつ」
「スニフとセドリックのこと」
「もみの木」

『ムーミン谷の仲間たち』では、前作『ムーミン谷の冬』で明確になった内省的性格がさらに強まっています。それに合わせて、絵柄にはまた変化が起きました。一部のキャラクターは、特定のモデルがいるのだろうと想像させる独特の写実的筆致で描かれるようになり、マンガ的印象が弱まりました。伝記では、モデルになった人々の行動パターンを顔つきの描写によって表現しているのだと説明されています（ヴェスティン 2021: 436）。

この絵柄の変化によって、トーベ流のホラー感がますます滲みでるようになりました。より正確に言うならサイコホラー的印象です。ただし、それはムーミン・シリーズだけの展開というより、トーベがほかの作家の物語に施した挿絵の仕事とも連動しています。同じ1962年、J・R・R・トールキンの『ホビットの冒険』のスウェーデン語版が刊行されていますが、ここでもトーベの挿絵はなかなかの怖さです。1966年には、ルイス・キャロルの『ふしぎの国のアリス』のスウェーデン語版が刊行され、トーベが挿絵を担当しました。トーベはこの作品がシュールレアリスム的だということから、悪夢的なホラーのイメージを持ちこもうとしたものの、出版社に反対されて、もっと標準的な印象の絵を描くことになりました（ヴェスティン 2021: 401-402）。ちなみにトーベは、ほかに誰の作品の挿絵を描いてみたいかと尋ねられて、エドガー・アラン・ポーだと即答したそうです（ヴェスティン 2021: 401）。ポーはホラー小説というジャンル自体の父として知られる作家ですね。

## 自閉していられることの楽しさ

ムーミン・シリーズの内省性の深まりとともに、絵柄はサイコホラー的になり、そして物語の全体はニューロマイノリティ的性格を、つまり自閉性を強めることになりました。絵柄の怖さで言えば『ムーミン谷の仲間たち』が頂点に位置していると思いますが、自閉的傾向は、『ムーミン谷の仲間たち』に続く『ムーミンパパ海へいく』と『ムーミン谷の十一月』で、ますます顕著になります。

『ムーミン谷の仲間たち』の巻頭に収められた短編「春のしらべ」で、スナフキンは楽しいと同時に悲しいものでなくてはならない歌を作ろうとします。気持ちのいい小川から音がして、名前がほしいイタチのような生きもののはい虫が現れます。スナフキンを尊敬するはい虫に向かって、スナフキンは「あんまりだれかを崇拝すると、本物の自由はえられないんだぜ」と忠告します（『仲間たち』p.19）。スナフキンを恋しがるムーミントロールの悲しみについてはい虫が言及し、スナフキンは「なぜみんなは、ぼくをひとりでぶらつかせといてくれないんだ」と嘆きます。しかし、求められるままにはい虫にティーティ・ウーという名前を贈ります（『仲間たち』p.20、p.22）。

翌朝スナフキンは、別れたはい虫のことが気になって仕方ありません。はい虫との再会後、スナフキンはムーミントロールに会いに行こうと決めます。あおむけに寝転んで、春の空をながめます。「見上げた先はすみきった青で、木のこずえのあたりは緑がかった海のような色」（『仲間たち』p.29）と語られる美しい風景が広がっています。作曲もうまくいき、そのモティーフが「最初はあこがれ、つぎの二つの部分は春のものがなしさ。あとは、ひとりきりでいられることの、大きな大きなよろこびなのでした」（『仲間たち』p.29）と語られます。自閉していられることの楽しさが強調されて終わるわけですね。

## じぶんの不安に形を与えることで生まれる安心感

つぎの短編「ぞっとする話」は、現実に恐怖イメージを読みとる傾向のあるホムサの物語です。ホムサは「生きたキノコが、もう居間まで来ているのよ」(『仲間たち』p.46)などと脅してくるミイの作り話に怯《おび》えます。ミイは語ります。

「あたいのおばあちゃんの体には、一面にあいつが生えてるのよ。おばあちゃんは居間にいるの。というか、おばあちゃんのおもかげがあるものが、ね。大きな緑色のかたまりみたいになっちゃって、口ひげが一方のはしから飛び出てるんだけど。

早く、そのラグもまるめて、ドアにおしつけなさいよ。それでなんとかふせげるかもね」(『仲間たち』p.48)

「あの音は、キノコが大きくなるときにたてる音よ。あいつらはぐんぐん大きくなって、しまいにはドアをつきやぶるんだわ。そして、あんたの体をはい上がってくるのよ」(『仲間たち』p.49)

二村さんはこれはレイ・ブラッドベリの「ぼくの地下室へおいで」というSF短編をもとにした作品だと指摘してくれましたが、私もまちがいなくそうだと思っています。その短編では、主人公にあたる17歳の少女の双子の弟が、雑誌の広告に載っていたキノコ栽培キットを購入します。物語が展開するうちに、宇宙からやってきたキノコによって、人間の肉体が侵略されていることが示されます。胞子が発芽し、キノコになり、それを人間が食べると消化され、血液中に広がって、細胞に入りこみ、その人はキノコに支配されます。キノコ栽培キットを販売しているのは仲間を増やそうとしているキノコ人間です。

トーベのホラー愛好がニューロマイノリティとしての不安感に起因しているのだろうことは先に述べました。かく言う私もホラーが好きで、とくに昭和時代のB級怪奇マンガの収集家なのですが、その私はじつはじぶんが送りだしている本はすべてホラーだと思っているくらいなのです。じぶんの不安感に形を与えることで生まれる安心感が、ホラー愛好の源です。固有の不安感を他者と共有することで、孤独をやわらげたいという衝動も満たしてくれます。ホラーは不安感に苛《さいな》まれやすいニューロマイノリティにとって、とても相性の良いジャンルだと私は思うのです。

## 不安感から自由になったフィリフヨンカ

続く短編「この世のおわりにおびえるフィリフヨンカ」で、フィリフヨンカは「天気はあまりにすばらしすぎて、どうにもへんでした。なにかが起こるにちがいありません」と語られるほど不安に苛まれています（『仲間たち』p.57）。隣人のガフサ（鼻だけ異様に突きでている人間型の生きものです）をお茶会に招き、何かに怯える気持ちを共有し、安心したかったものの、ガフサに気持ちは通じませんでした。このように不安感を伝えようとしても、相手にちっとも伝わらないというディスコミュニケーションも、ニューロマイノリティには常態的な出来事です。

やがて実際に竜巻が「この世のおわり」のような勢いでやってきて、フィリフヨンカの家を完全に破壊してしまいます（『仲間たち』p.85）。彼女は「もうわたし、二度とびくびくしなくていいいんだわ。とうとう自由になったのよ。これからは、どんなことだってできるんだわ」（『仲間たち』p.86）と新しい心境を得ます。ムーミン・シリーズ初期からの天変地異による破局というモティーフを日常生活上の心理的不安の問題と融合させたような作品ですね。一般的に考えると、とんでもない体験によって人付きあいの煩わしさ、不安感、固執などから解放されるという爽快な小話と言えるでしょうが、それだけではなくて、トーベはニューロマイノリティとして感じていた同種の不安感を、コミカルに客観視しようと試みたのかな、と私は推測しています。

## スナフキンのとった解決策

つぎの短編「世界でいちばん最後の竜」で、ムーミントロールは絶滅したと思われていた竜を発見します。北欧神話では英雄シグルズによって竜が退治されるというエピソードがありますけれども、この場合の竜はマッチ箱くらいの大きさの、火を吐く小さい生きものです。ムーミントロールはじぶんの竜を誇らしく思い、スナフキンに見せると、竜はスナフキンを大好きになってしまいます。ミイが「あんたのじゃなくて、スナフキンの竜ね。この竜はスナフキンにしかなついていないもの」と皮肉を言うと、気まずい沈黙が流れます（『仲間たち』p.104）。スナフキンがムーミン屋敷を去ると、竜はそれを悲しげに見送ります。ムーミンパパは「百科事典で調べてみたがね、最後まで残っていたのが、強い火をはく感情的な種類だったようだ。やつらはとくにがんこで、ぜったいに考え方を変えないらしい」と解説します（『仲間たち』p.106）。

ムーミントロールが悲しくなって竜を解きはなつと、竜は釣りをしているスナフキンのもとにやってきます。スナフキンは（こんなやっかいごとは、モランにぜんぶくれてやる……）とぼやきます（『仲間たち』p.108）。スナフキンはボートで川をくだってきた若いヘムルに眠っている竜を預け、餌になるハエが多くいる遠くの場所で放してほしいと頼みます。ムーミントロールがやってきて、竜のことを尋ねると、スナフキンはムーミントロールの心中をおもんぱかりながら、「へえ、来てないね」ととぼけます（『仲間たち』p.112）。ムーミントロールは、「いなくなってしまって、ちょうどよかったんだろうな」と心の定めどころを見つけます（『仲間たち』p.112）。スナフキンが「明日、つりはするかい？」と尋ね、ムーミントロールは「もちろんさ。決まってるじゃないの」と答えます（『仲間たち』p.113）。

私は子どもの頃にこの短編が大好きでたまらず、小学6年生のときに最初から最後まで、挿絵も含めて自由帳に筆写し、夏休みの自由研究として担任の先生に提出しました。竜を捕まえたムーミントロールがスナフキンに会いにいったとき、「ふたりは男の友情で深くむすばれて、しばらくだまってすわっていました」と叙述されます（『仲間たち』p.98）。その男同士の友情に、痺れるような感激がありました。孤独なニューロマイノリティとして、そのような友情に飢えていたからです。

トーベにはアトスとの恋愛のあとに、あるいは恋愛中にも、アトスに対し同性間の友情のようなものを感じる瞬間があったのでしょうね。ニューロマイノリティの人々にセクシャルマイノリティの性質が目立つことをすでに述べましたが、いわゆる「ノンバイナリー」（男女どちらでもない、あるいはどちらでもあるなどの性意識）を自認するニューロマイノリティはとても多いのです。トーベにもそのような感覚があって、これまでにも述べたようにムーミントロールという男の子のキャラクターにじぶんを仮託していたのではないでしょうか。

ところで、映画の『TOVE／トーベ』には、トーベがヴィヴィカと初めて性行為をしたあと、アトスに「息をのむほど華麗な竜が舞い降りたようだったわ」と語る場面がある、ということを前に書きました。ということは、「世界でいちばん最後の竜」の竜とはヴィヴィカのことだったのではないでしょうか。その竜がムーミントロールではなくスナフキンを好きになってしまうという物語の内容は、つまるところヴィヴィカとアトスというトーベのふたりの恋人が、トーベ自身を差しおいて惹かれあうようになったらどうしようか、とトーベは不安に思ったことがあって、あるいは睡眠中にそのような悪夢を見たことなどがあって、それがこの短編に結実したということではないかな、という気がします。

おそらく本作は、一般的な読み方をすれば、スナフキンがおとなびた分別によって、親友ムーミンの悲しい気持ちをいたわり、彼を傷つけないように巧みに三角関係を解消した話ということになるでしょうが、私の推理があたっているとするならば、この短編もまた何重もの分身現象を示している「自閉芸術のきわみ」ということになります。

## 感覚過敏という特性

つぎの短編は「静かなのが好きなヘムレンさん」。文字どおり、騒々しいまわりのヘムル族になじめないとあるヘムレンさんの物語ですが、ところでどうしてヘムルという種族はこんなに多様か、と私は昔から不思議に思ってきました。ミムラだったら陽気、フィリフヨンカだったら神経質、ホムサだったら内向的というようにそれぞれの種族は人間の一側面を象徴しているような印象があるのに、ヘムルたちは気質も仕事や趣味も幅が広く感じられます。この謎については次章で説明するとして、とりあえずここでは、ニューロマイノリティには感覚過敏と呼ばれる特性があって、賑やかな場所を苦手に感じやすい、つまり「静かなのが好きな」ニューロマイノリティは非常に多いということだけ注釈しておきたいと思います。

## 家族との葛藤の清算

つぎの短編が、原作の表題作になった「目に見えない子」です。親戚に皮肉を言われつづけて、姿が見えなくなった女の子ニンニが登場します。皮肉というのは多くの人にとってつらいものではありますけれども、ニューロマイノリティはシンプルな思考やコミュニケーションを好むため、遠回しに悪意をぶつけてくる皮肉という意思疎通スタイルは、最大の天敵と言って良いほどに苦手です。ニンニのモデルがトーベ自身だということは、最後に姿を現したときのニンニの顔立ちが、トーベを彷彿させるということから明らかです。ムーミン一家にニンニを引きわたすキャラクターがトゥーティッキなのは、生涯の伴侶を得たトーベが、じぶんの生いたちについて振りかえり、家族との葛藤を清算しようと図っていたことを暗示しているのだと思われます。じつはトーベの父ファッファンが、『ムーミン谷の仲間たち』が刊行される少し前、1958年に亡くなるという出来事がありました。ムーミン一家とは、理想化されたトーベの実家の家族だと考えられますから、トーベはじぶんの実家と虚構の力を借りて向きあい、ニンニを中心とした物語を描くことで、じぶんを回復しようとしたのだと推測できます。

先にも述べたようにニューロマイノリティの特性は遺伝性が高いので、そしてニューロマイノリティは強烈な個性をもっているので、私たちはしばしばアダルトチルドレン（機能不全家族で育った人々）でもあります。ムーミンパパが浜辺でムーミンママを脅かそうとしたとき、ムーミンママを守ろうとしたニンニがムーミンパパの尻尾に嚙みつく場面は、トーベと彼女の父ファッファンとの対立や母のハムに対するトーベの愛情を仄めかしていると解釈できます。大量の皮肉に少しの箴言《しんげん》を織りまぜてくる傾向のあるミイは、ニンニに「あのさ、たたかうってことをおぼえないかぎり、あんたは自分の顔を持てるわけないわ。ほんとよ」（『仲間たち』p.167）と助言します。このように発言する場面でミイは、ニンニのアルター・エゴ（もうひとりの自己）として機能しているのでしょうね。つまりトーベの置かれた状況をメタ的な視点から俯瞰《ふかん》するもうひとりのトーベです。なお、この短編ではムーミントロールとニンニが同時に存在していますから、またしても「分身の二乗」現象が起きています。

ところで、最後にもうひとつ大事なことを述べておきましょう。姿が見えなくなるというのは、ニューロマイノリティにとって本質的な経験です。コミュニケーションに難点を抱えるために、じぶんが透明化してこの世から消えてしまったような感覚を覚えやすいのです。そのようなニューロマイノリティの身体感覚も、この短編の下敷きとなっていると私は考えます。

## ニョロニョロの生態

つぎの短編「ニョロニョロのひみつ」で、ムーミンパパは抑えがたい非日常への憧れと憂鬱の気分に襲われ、3匹のニョロニョロを収めたボートに一緒に乗って、渚からとある島へと運ばれます。島で冒険を経たあと、空が荒れてニョロニョロの生態が描写されます。

ニョロニョロに命を吹きこめるのは、はげしいかみなりだけなのです。彼らはぎっしりと充電されているけれど、つめこまれているだけで、どうにもならないのです。感じることもできなければ、考えることもできません――ただざすだけなんです。でも電気をおびることで、ようやく生き生きできて、強くはげしく感じることができるのです。

それこそニョロニョロたちが、もとめているものでした。もしやつらがおおぜい集まったなら、たぶん、かみなりだって引きよせることができるでしょうよ。

（そうだ、そうにちがいない）

と、ムーミンパパは考えました。

（かわいそうなニョロニョロ。それなのにぼくは、海を見つめながら、やつらこそすばらしい、自由な生きものだと思っていたんだ――ひとことも口をきかずに、しょっちゅう動いているからさ。しかしやつらは、いいたいことなんてなにもないし、行くところだってどこにもないんだ……）（『仲間たち』p.204、p.206）

ニョロニョロの生きものとしての能動性と受動性の表現は、ニューロマイノリティたるトーベ自身が、生きづらさを感じる結果として、どうしても能動的に生きているように感じられないときがある、むしろ受動的だと感じやすかったという事態の投影ではないでしょうか。この短編で描かれたムーミンパパの旅に対する強い憧れは、次作『ムーミンパパ海へいく』への前奏曲となっています。

## スニフとスナフキンの共通点

つぎの短編「スニフとセドリックのこと」では、ベルベットでできた小さな犬のセドリックを手放したスニフが、むちゃくちゃに後悔している様子が描かれます。スニフは言います。

「もとはといえば、あれはムーミントロールのせいなんだい。あいつがぼくにいったんだ——もし自分がほんとうに好きなものを人にやったら、それが十倍にもなって返ってくる。だからあとで、とてもすばらしい気分になれるってさ。あいつ、ぼくをだましたんだ」（『仲間たち』p.211）

他者の発言を文字どおりに受けとめてしまって、「騙《だま》された！」と愕然《がくぜん》たる思いに沈むのは、裏表の使い分けが不得意なニューロマイノリティの子どもにとって日常茶飯事と言えます。スナフキンが親戚の話を引きあいに出して、スニフをなぐさめようとすると、今度はスニフが話を遮ります。

「だけどぼくは、セドリックを小包でなんか送らなかったよ。それにぼくは、まだ死ぬってわけじゃないんだ！」

スニフは目をぐりぐりさせながら、こうさけびました。

スナフキンは、ため息をつきました。

「おまえはいつまでたっても、おんなじだなあ。だけどまあ、これが自分の話でないからって、おとなしく聞いてることはできないの？　いい話なんだから。それに、ぼくのことだって少しは考えてみろよ。ぼくはこの話を、きみのために取っておいたんだぜ。ちょいちょい、話したくてたまらなくなったけどさ」（『仲間たち』p.219）

私はこの場面を読むたびに、思わず笑みをこぼしてしまいます。スニフとスナフキンは、本来じつに対照的に見えるキャラクターですよね？　かたほうは「かわいいおバカさん」タイプで、片方は「世捨て人の賢者」タイプ。ところが、ある程度は忍耐することができても、わりと早くに我慢がたまらなくなって、そうなるや思ったことをなんでもかんでも口にしてしまうという点で、じつはこの場面のスニフとスナフキンはニューロマイノリティの同一の特性を等しく発揮しあっているのです。

この短編は終わり方も興味深く感じます。とつぜん物語の残りの部分が概要として語られ、話が閉じられるのです。

（セドリックのその後ですが、ガフサはあのトパーズをむすめのイヤリングにして、セドリックには、かわりに黒いボタンの目を入れてやりました。ある日スニフは、セドリックがわすれられて雨の中に転がっているのを見つけて、家につれて帰りました。ムーンストーンは雨で洗い流されてしまって、それきり見つかりませんでした。でもスニフは、やっぱりセドリックをかわいがりつづけたのです――今ではただ愛するために愛しているだけでしたけれど。でも、おかげでスニフはずいぶんと評判と名誉を高めたのですよ。作者より）（『仲間たち』p.224）

トーベが得意とするメタフィクションの手法です。ビデオテープの早回しのようなものを読者に意識させようとしたのでしょうか。この手法によって、物語とはこうあるべきものという私たちの常識が外されてしまうことになります。このようなメタフィクションへの志向がニューロマイノリティの「脱文脈」の特性にかなったものだということは、『ムーミン谷の冬』のところで指摘したとおりです。

## とんちんかんのかわいらしさ

最後の短編「もみの木」は、正体不明の「クリスマス」の到来にムーミン一家が戦々恐々とするというユーモラスな内容で、とりわけ心を温かくしてくれます。ムーミントロールが「とにかくさ、もしクリスマスがおこったら、ベランダに逃げちゃえばいいんじゃないかな」などと語る場面に、このシリーズのかわいらしさが極まっています（『仲間たち』p.241）。とんちんかんでかわいい生きものたちが、無邪気な横顔を頻繁に見せる現実上のニューロマイノリティさながらに見えてきます。

# 『ムーミンパパ海へいく』

## 父権制に対する問題提起

シリーズ第8作『ムーミンパパ海へいく』(原題は*Pappan och havet*『パパと海』)は、1965年に刊行されました。献辞は原稿の段階では「私のパパに」となっていましたが、最終的には「父親たる人へ」と落ちつきました(ヴェスティン 2021: 460)。父ファッファンへの個人的な思いを核としながらも、より一般的な問題意識へと——いかつい言い方をすれば「父権制」にまつわる問題意識へと——開かれた本だということを示そうとしたのだと思います。

『ムーミンパパ海へいく』はファッファンが亡くなってから7年後に刊行された本です。トーベはこの本を子どもの頃に家族と過ごしたフィンランドの島々を思いだしながら、また実際に島々に住みながら書いていきました(ヴェスティン 2021: 441-453)。そのために『ムーミンパパ海へいく』は、たっぷりの島風と海の波音を吸収した本へと仕上がりました。

8月末、自分が不必要なものになってしまったという不安に苛まれ、家族から頼ってもらえないことを不満に感じるムーミンパパは、ムーミンママ、ムーミントロール、養女になったミイを連れて、灯台のある島に向かいます。灯台には明かりが灯っておらず、一家は漁師と出会います。荒れ狂う海や嵐といった自然の脅威にさらされている島で、ムーミンパパは家族からの尊敬を取りもどそうと張りきりますが、やることなすこと失敗だらけで、だんだん物思いに耽るようになります。ムーミントロールは美しい二頭のうみうまと出会って思春期を迎え、ムーミン一家を追ってきたモランと頻繁に交流し、やがて家族を離れてじぶんで見つけた空き地でひとり暮らしを始めます。ムーミンママはムーミン谷にあった世界を恋しがって、灯台の壁一面に、植物がいっぱいあるなかにじぶんが動いている絵を描きはじめ、絵のなかに入ってしまいます。自然の脅威が収まり、家族の回復が描かれます。漁師はじぶんが灯台守だということを思いだし、灯台に明かりが灯されます。

## 高まる自閉性

『ムーミン谷の冬』に始まり、『ムーミン谷の仲間たち』で加速した内省化の方向は、『ムーミンパパ海へいく』でさらに高まります。小学生時代の私は、本作の内容をほとんど理解できないままでした。ムーミントロールに思春期が到来したことがひとつの焦点になっていますけれども、私自身がその渦中にあって、混乱のただなかにいましたから、『ムーミンパパ海へいく』

を適切な距離感で受けとめられなかったのです。

『ムーミンパパの思い出』がそうだったように、本作でもムーミンパパはファッファンとトーベを掛けあわせたキャラクターなのだと思います。いや、それどころか『ムーミンパパ海へいく』では登場するキャラクターのすべてがもはやトーベの分身です。生涯の伴侶を得たことによる安定、ムーミンビジネスへの倦怠、シリーズの進展による内容の高度化などによって、トーベの内省性が深まり、そのニューロマイノリティとしての特性、つまり自閉性が『ムーミンパパ海へいく』では登場する全キャラクターに分有されています。本作に至ってトーベの自閉性はムーミン・シリーズでの最高到達点を記録した、というのが私なりの観測です。この事態を示唆するこんな叙述が冒頭近くにあります。

> みんなはいつでもなにかやっていました。静かに休みなく、夢中になって、自分たちの世界を満たしている一つ一つの小さなことがらに、とりくんでいたのです。その世界は、ぜんぶ自分たちだけで作りあげているもので、外からはだれも入りこむ余地はありません。(『海へいく』p.9)

ひとりひとりが自閉的に自己完結している小世界です。

## 家父長的権威と自閉性

この自閉的結晶世界の中心にいるのが、ムーミンパパです。ムーミンパパが不安を抱えながらガラスの魔法の玉を見つめる様子は、その姿からしてひとり遊びに熱中するニューロマイノリティの子どものようです。

**これを見ることで、家族がパパだけの知る深い海の底にいて、自分にはみんなを守ってやる必要があると感じられるのでした。**（『海へいく』p.18）

ムーミンパパは――私の主著の書名で言うところの――「みんな水の中」と感じながら生きているわけです。その自閉性は、ここでは家父長的権威と融合しています。実際、ニューロマイノリティの男性はしばしば頑固親父的です。サイモン・バロン＝コーエンという心理学者は、ニューロマイノリティが「超男性脳」を持つ人々だと論じ、現在では「男性脳」や「女性脳」の議論は疑似科学的として否定的な意見が優勢になりましたけれども、その学説が広く支持された時代もありました。もう秋だからとランプをつけたムーミンママの行動に対してムーミンパパは不満を抱き、「うちによっては、ランプをつける時期を決めるのは、その家の父親なんだが――」とぼやきます（『海へいく』p.20）。こんな感じで、頑固親父タイプのニューロマイノリティの内面ではいろんなことがその人の自己完結的に進行していきます。そんなムーミンパパが岩壁の裂け目で灯台の鍵を発見するときの描写は、象徴的です。

ムーミンパパの頭の中で、なにかがカチッとはまるような音がしました。これでなにもかもすっきり、はっきりとしました。ここは灯台守が、ほんとうにひとりになりたいときにやってきて、考えごとをする場所だったのです。ここここそ、灯台守がかぎを置いていって、ムーミンパパに見つけさせ、灯台を引きわたそうとした場所だったのです。おごそかな儀式と魔法の力を通して、ムーミンパパははじめて灯台の持ちぬしとなり、灯台守にえらばれたのでした。(『海へいく』p.71)

このように誰かが天啓を受ける場面というのは、一般に極度の自閉性を示すものです。

## ムーミンママの変化

じぶんの意志とは無関係にとつぜん環境が変転することになったムーミンママは心に変調を来たします。おそらくトーベは、ファッファン亡きあと、残されたハムとのあいだに、それまで以上の母と娘としての密着度の高まりを感じていたのかもしれません。ムーミンママはじぶんで壁に描いた絵のなかに入っていき、絵に描かれた庭のなかで安らぎ、さらに彼女も「みんな水の中」を体験します。ふだんはとても家族思いのムーミンママですが、この過程でムーミンママは自閉していきます。

ママは、りんごの木の後ろに立って、みんながお茶の用意をするのを見ていました。みんなに少し霧がかかったみたいに、ぼやけて見えました——まるで水の中を動き回っているみたいでもありました。（『海へいく』p.225）

「ほんとに自己中心的だわ」

と、ちびのミイはいいました。

「ここにいるのはママばっかり。あたいたちも描くことはできないわけ？」

（『海へいく』p.247）

ムーミンパパの自閉性が、ムーミンママにも伝染したのでしょうか。

## ムーミンの思春期とうみうま

主人公のムーミントロールも自閉性の海へと身を沈めていきます。『ムーミンパパ海へいく』はトーベによる「みんな水の中」モティーフの総決算となっています。空き地を見つけたときには、ムーミントロールはこんな感じの態度です。

ムーミントロールは大満足でした。だれひとり、自分より先にここに来たものはいないのです。このぜんぶが自分のものなんです。（『海へいく』p.95）

なにしろこの場所は、ムーミントロールが生まれてからずっと彼を待っていたのです。

（中略）（もし百万のアリが同時にこの場所を好きだったとしても、ぼくの好きには勝てないぞ）

（『海へいく』p.97）

そのムーミントロールを二頭の美しいうみうまが思春期へといざないます。ムーミントロールは彼女たちをうっとりと眺めます。彼女たちとの交流の場面は独特のエロティシズムを漂わせています。

二頭のうみうまは、こっちへ泳いできましたが、ひざまでの深さのところに立って、

「わたしよ」

「わたしよ」

二頭ともそういいながら、くすくすと笑いつづけました。

「わたしを助けてくれるの？」

と、一頭がいいました。

「ねえ、太っちょのナマコちゃん、毎日わたしの絵をながめてるんだって？　そうなの？」

もう一頭がとがめるようにいいました。

「ナマコじゃないわよ。この子はまんまるキノコぼうやよ。それに嵐になったらわたしを助けてくれると約束したのよ。ママのために貝がらを集めているたまごの形をしたキノコのぼうやよ。ねえ、かわいいじゃない！　かわいいわ」

ムーミントロールは、顔が熱くなるのを感じました。（『海へいく』pp.219–220）

「太っちょナマコちゃん」や「まんまるキノコぼうや」は、直接的にはムーミントロールの体型をからかっているのでしょうけれども、隠喩的には男性器のあからさまな仄めかしとして読むこともできます。二頭のうみうまのここでのイメージは、うぶな若い男性を相手として客引きをする娼婦のはずです。二村さんは、うみうまがカレンダーの絵から出てきた存在だと暗示されていることから（『海へいく』p.103、p.117）、ピンナップガールを連想させると言っていましたが、私も同意見です。

## レズビアン・ラブのイメージ

それにしても、カレンダーに描かれているうみうまは一頭なのですが、なぜムーミントロールの前に現れてくるうみうまは二頭なのでしょうか。私はつぎの場面に注目しました。

今、うみうまたちはじっと立って、おたがいになであっています。あきらかに、それぞれ自分のことしか考えていないふうでした。（中略）

ムーミントロールがうみうまたちを見守っている間に、きみょうといえばきみょうですが、ごくあたりまえのことが起こりました。急にムーミントロールは、自分自身も美しいような気がしてきたのです。（中略）

二頭がそばを通って海へ逃げこんだとき、ムーミントロールはさけびました。

「きみたちはきれいだねえ。ほんとうにきれいだねえ。ぼくをおいてきぼりにしないでよ！」

（『海へいく』pp. 118–119）

周囲に遠慮せずじぶんたちの世界に耽って互いを愛撫するうみうまたち。ここには明らかにレズビアン・ラブのイメージが投影されています。だからこそうみうまは二頭なのです。ここに定着されたイメージは、おそらくトーベが容姿に恵まれた女性同士のカップルを眺めつつ、胸に高まらせた憧れでしょう。そのイメージをトーベはじぶんでも現実上で女性を愛することによって、実践した人です。だからムーミントロールは、「自分自身も美しいような気がしてきた」のだと解釈できます。トーベが美しい女性同士のカップルに憧れ、じぶんもそのようにとりわけ美しかったら良かったのに、と思った感情が、愛撫しあううみうまを興奮して見つめるムーミントロールに反映されているのではないでしょうか。

ある晩、ムーミントロールはうみうまの片方に語りかけます。


「すてきなたてがみだね。ぼくの友だちにも、そういう髪をしている子がいるよ。いつかここへたずねてくるかもしれない……きみもぼくの友だちを好きになれると思うよ」(『海へいく』p. 188)

ここで言われている「友だち」とは、「髪」を話題にしているわけですから、スノークのおじょうさんを指しているはずです。『ムーミン谷の彗星』でのムーミントロールとスノークのおじょうさんの出会いは、『小さなトロールと大きな洪水』でのチューリッパと赤い髪の少年との出会いの変奏でしたが、それがさらに思春期の到来および同性愛の芽吹きという心理学的テーマへと姿を変えて、『ムーミンパパ海へいく』でのムーミントロールとうみうまたちの出会いへと変奏されたのです。ニューロマイノリティらしい同一性保持の特性、性的なあけっぴろげさ、他者に伝わらない仕方で意思表示する態度が複雑に総合され、芸術的に昇華されています。

ちなみに本作出版の翌年に、トーベが挿絵をつけた『ふしぎの国のアリス』が刊行されましたが、そのなかで描かれたアリスとチェシャ猫のイメージにも、私はトーベのうみうまに関する秘密めいた表現の変奏があると感じます。猫という生きものは——犬が男性的イメージをまといがちなのと対照的に——女性的なイメージをまといがちですから、そこに描かれたアリスとチェシャ猫のイメージには、女性同士のカップルのイメージが投影されていると考えられます。アリスの顔立ちはなんとなく、トーベと同じく両性愛者だったマリー・ローランサンが描く女性を連想させます。

## モランとモラル

みなさんは私が『たのしいムーミン一家』に関して論じた部分で、モランとはモラルのことではないかという持説を示したことを覚えていますか。その論拠は『ムーミンパパ海へいく』で補強することができます。ムーミントロールはムーミンママに、モランについて尋ね、ムーミンママは「あのひとは、雨か暗闇のようなものか、でなければ、通りすがりによけなければならない石のようなものよ」と応じます（『海へいく』p.40）。これはトーベが同性愛を違法と見なす「モラル」をそのようなものと考えていたということではないでしょうか。ですから、ムーミントロールとモランが見つめあう場面もまた象徴的です。

いつもと同じように、ふたりはだまって向きあいました。ところがモランはカンテラから目をゆっくりはなして、ムーミントロールをまっすぐ見つめたのです。こんなことは、今まであリませんでした。その目はとてもつめたく、なにかにおびえているみたいでした。月は雲の間に見えたりかくれたりして、浜辺にはひっきりなしに影がゆきかいました。

そのとき、岬のほうからうみうまたちが走ってきたのです。うみうまはモランには目もくれずに、月あかりの中でおたがいに追っかけっこをしては、水しぶきで虹を作って、飛びはねながらその中を小さなかたいひづめで走りぬけました。(『海へいく』pp. 158–159)

ニューロマイノリティには、なかなか他者と視線を合わさないという特徴がありますが、モランもまさにそういう生きものです。モランとは世間的なモラルでもあり、トーベ自身も内面化していたモラルでもあり、母のなかに宿っていたモラルでもあると私は推測しています。ムーミントロールとしてのトーベが、それと真正面から対峙《たいじ》するのです。だからこそこの場面で、あの二頭のうみうまが駆けてきて、「モランには目もくれずに」(!)走りぬけていくのです。おそらく女性同士の恋愛と性愛を謳歌するときのトーベと、その恋人たち(ヴィヴィカ、トゥーリッキ)というカップルを象徴する存在として。またしても「分身の二乗」の瞬間が炸裂《さくれつ》します。

終盤ではムーミントロールがモランを孤独から救い、モランに脅えていた島も落ち着きを取り戻す様子が描かれます。

ところで本作ではミイもいつも以上にノリノリの皮肉を弄して、シュール風味の自閉性を発揮します。

「なにをたくらんでいるんだか、それがわかったら、あたい、グアノ（海鳥のふんの石化したもの。肥料にする）だってもりもり食べてみせるんだけど」（『海へいく』pp.26–27）

「あの漁師は、はみだし者で、頭の中には、海藻しかつまっていないのよ」（『海へいく』p.65）

ミイのことでムーミントロールは嘆きます。

（なにもかも、ぼくがわるかったんだ。わかっていたのに。ちびのミイが、相手と話しあって説得するような子じゃないって。あの子は衝動的になにかやるか、見向きもしないか、どっちかなんだ。）（『海へいく』p.142）

物語は、ムーミントロールがムーミンパパによって承認されることで終わりに向かいます。

なにしろパパから、今までにないあたらしい態度で話しかけられたのです。ムーミントロールの胸は、ほこらしさでもう、はちきれそうでした。（『海へいく』p.257）

物語を書いたトーベが、父親との葛藤を最終的に解決したということなのでしょう。成長したムーミントロールは、もはやモラン（モラル）との付きあい方にも決着をつけています。

ムーミントロールはしばらくじっと立ったまま、島の上をさびしそうにさまようモランをながめました。でも、そっとしておいてやろうという、やさしい気持ちになっただけでした。（『海へいく』p.237）

物語の末尾で灯台に明かりがつき、全体にわたって荒れ模様だった『ムーミンパパ海へいく』は優しく閉じられます。実家の家族との思い出を整理しようとした本作を書くにあたって、トーベはさぞ苦闘を重ねたんだろうな、と私は彼女に対する尊敬の思いを新たにするほかありません。

## トーベが愛読した精神分析家の著書

ところでトーベは、１９６０年代初頭から精神分析に通い、他方で女性の精神分析家カレン・

ホーナイの『自己実現の闘い――神経症と人間的成長』を愛読していたそうです（ヴェスティン 2021: 434-435）。同書で論じられている精神疾患は「神経症」なのですが、ホーナイは「神経症の定義も変わってきた。神経症は今では、自己および他人との関係における障害になった」（ホーナイ 1986: 349　強調は原文ママ）と書いていますから、それは部分的に――ホーナイがこの本を出した１９５０年よりずっとあとに知られるようになった――自閉スペクトラム症を含んでいると判断することができます。本書でも繰りかえし指摘してきたように、ニューロマイノリティは対自的にも対他的にもさまざまな困難を抱えています。かつて「神経症」として論じられていた精神疾患をめぐる言説には、のちの時代に「精神分裂病」（現在の呼称は「統合失調症」）や「発達障害」（現在の正式名称は神経発達症）として論じられるようになったものが複雑に混じりあっていると考えられます。たとえばホーナイは「神経症者」が理想化された自己になるべきという強迫観念を抱くことを「〈べき〉の専制」と呼んでいますけれども（ホーナイ 1986: 56）、この特徴はニューロマイノリティにも顕著で、現代では一般的に「べき思考」と呼ばれています。

ホーナイは、内面の葛藤を美化された支配欲によって解決し、まわりの人を操り、依存させようとする、さらにはみずからの運命の支配者としてどんな突発事にも対処できるようになることを「自己拡張的解決」と呼んでいますが（ホーナイ 1986: 204）、これはまさに『ムーミンパパ海へいく』のムーミンパパに起こったものでしょう。現在だったら、この種のニューロマイノリティは自己愛性パーソナリティ症の発症を疑われるかもしれません。

ホーナイは、内面の葛藤を愛と自己犠牲によって解決し、他人のために援助や理解などなんでも提供しようとすることを「自己縮小型解決」と呼んでいますが（ホーナイ 1986: 209）、こちらは『ムーミンパパ海へいく』のムーミンママに見られた当初の態度を思いださせます。耐えきれなくなって、彼女もじぶんの内面世界に沈降していくのではありますけれども、このようなニューロマイノリティは、現在では回避性パーソナリティ症の発症を疑われるかもしれません。

余談になりますが、ホーナイと同じく女性の精神分析家メラニー・クラインは、人間には「妄想‐分裂態勢」や「抑鬱態勢」が備わっていると主張したことで知られます。のちにトーマス・H・オグデンという男性の精神分析家が、人間には「自閉‐接触態勢」なるものも存在すると補足しました。これらの「態勢」とは精神疾患そのものでも精神的発達の段階でもなく、人生のそれぞれの場面での心性（心理的なモード）を意味していて、臨床心理学者の津田尚子はつぎのように整理しています。

「妄想‐分裂態勢」とは、苦痛で破滅的な危機感を感じるときの心性を指していて、迫害的な妄想不安を抱き、白黒二元論を展開します。「抑鬱態勢」とは、危機への対処ができ、バランスの良い理解ができる心性のことで、他者への攻撃を後悔して、罪悪感を抱きます。「自閉‐接触態勢」とは、何かに接触しつつ自己を閉ざし、保護している心性を意味します（津田

2007）。このような解説を読みながら私が思うのは、ニューロマイノリティの子どもがお気に入りの毛布を抱きしめたり、押入れで布団に挟まれて安心したがる様子を参考にして「自閉接触」という用語が選ばれたのだろうな、ということです。ニューロマイノリティのそのような特性は、ニューロマイノリティ研究で好んで論じられてきました。

トーベがこのクラインやオグデンの精神分析理論を知っていたかどうかについて、その事実を確認することはできませんでしたが、このような概念装置を使ってムーミン・シリーズを解釈するのも、充分に可能だと思われます。

# 『ムーミン谷の十一月』

## ムーミン一家不在の最終作

シリーズ第9作（最終作）『ムーミン谷の十一月』の原題は*Sent i november*（『十一月下旬に』）といい、1970年に刊行されました。

前後の出来事を確認すると、『ムーミンパパ海へいく』が刊行された翌年、1966年にトーベの過去の全業績に対して国際アンデルセン賞が授与されました。これは児童文学作家に対するノーベル賞と言ってもいいような大きな賞です。1968年、トーベの最初のおとな向けの長編小説『彫刻家の娘』が刊行されました。この種のおとな向けの小説がムーミン・シリーズの完結直前から始まり、続々と書きつがれていきます。『ムーミン谷の十一月』が刊行された1970年に母のハムが亡くなります。1971年から翌年にかけてトーベは世界旅行に出かけ、ロンドン、東京、ホノルルを経て、アメリカ本土を周遊しました。さまざまな大きな出来事の合間に『ムーミン谷の十一月』は書かれ、シリーズは完結していきます。

『ムーミン谷の十一月』で描かれるのは、秋の終わり頃です。ホムサ・トフトは大好きなムーミン谷に行き、頭のなかの想像上のちびちび虫を大きくしていきます。大そうじをして怪我をしかけたフィリフヨンカも、ムーミン屋敷を訪ねます。じぶんのことが嫌いなヘムレンさんはムーミンパパに会いたくて、谷にやってきます。じぶんの名前すらよくわからなくなっている百歳のスクルッタおじさんが合流し、ミムラがミイに会いに来ます。スナフキンはムーミン谷から南へ向かいますが、雨の曲を作るのに不可欠な五小節のしらべをムーミン谷に置きわすれてきたことに気づき、谷に戻ります。ムーミン一家が不在なので、彼らは屋敷で共同生活をし、スクルッタおじさんのための大パーティーやムーミン屋敷の大そうじを実施します。フィリフヨンカ、ミムラ、ヘムレンさんはじぶんの家に帰り、スクルッタおじさんは洋服だんすで冬ごもりに入り、スナフキンはふたたび旅立ちます。ホムサ・トフトは水平線から近づいてくるムーミン一家のヨットを迎えます（つまり前作で描かれた島への移住からの帰還）。

ムーミン一家の様子が描かれないまま作品が終わり、キャラクターたちが共同生活の終わりを名残り惜しんでいる描写が印象的です。本作を読むと、フランスの劇作家サミュエル・ベケットの不条理劇『ゴドーを待ちながら』（1952年）を思いださずにいられません（ヴェスティン 2021: 496）。ふたりの浮浪者が、まだ会ったことのない人物「ゴドー」を待ちつづけるという二幕劇で、結局「ゴドー」が何者なのかは描かれないのですけれども、ゴドーは英語の

God、つまり唯一絶対の神を仄めかしているという説が有名です。二村さんは、本書に登場するキャラクターたちはムーミン・ファンの代表団で、トーベはムーミン一家を大好きなファンに感謝状を贈ろうして、『ムーミン谷の十一月』を書こうとしたのではないか、という解釈を口にしていました。

## トロールは厚かましい上流階級

シリーズの進展につれて深まっていた内省性は、本作で極限に至ったと言えるでしょう。ほとんどトーベの精神世界が象徴的な演劇的作品として物語化されたかのようです。その性質と晩秋という季節性も相まって、『ムーミン谷の十一月』から地味な印象は拭えません。そもそもシリーズの中心にいたムーミン一家がごっそり出ないのですから、トーベのやったことはきわめて挑戦的で意欲的だったと言えます。私は小学生のとき、ムーミン・シリーズのうちで本作の魅力だけはまったく理解できず、途方に暮れました。現在の私はどうでしょうか。いまの私はザ・ビートルズを連想します。1962年にデビューしたアイドル的なグループが、ロック史上の最高峰を極める音楽的完成度を達成し、精神の深い襞《ひだ》をなぞるかのようなサイケデリック音楽へと舵を切って、分裂するようにして1971年に解散する。10年弱でのおそろしく、かつあざやかな軌道がそこにあります。ムーミン・シリーズはそれに似ていると思うのです。1946年に始まり、四半世紀後の1970年まで、児童文学の王道を歩みながらも、精神的な沈降を進めていき、シリーズが解体していくかのようにして終わってしまう。

前作『ムーミンパパ海へいく』でトーベが突きつめたのは、自己と実家の家族の関係でした。友人ラルス・ベクストロムへの手紙で、トーベはその『ムーミンパパ海へいく』に関連させて、ムーミン一家に対する批判的な視線を隠しません。

> トロールたちの友情関係は浅いものでしかなく、厚かましい上流階級そのものです。実際、世間のことにはおかまいなしに、突然、ムーミン谷からパパの島へ船出してしまうんですから。さらにトロールたちは、無意識に、そして愛想よく、人々やできごとを利用する。結局、トロールたちはとんでもなく自己中心主義者たちだった。わたしは今さら、彼らを変えることはできないし、変えたくもないけれども、長い間、彼らのことが世間離れした存在であるとうすうす感じていた。（カルヤライネン 2014: 286）

トーベが「厚かましい上流階級そのもの」の「自己中心主義者たち」と感じたものを、私としてはニューロマイノリティ的性質と感じるわけですけれども、いずれにしろトーベはムーミン一家に――つまりじぶんの実家の家族とじぶん自身に――うんざりする思いもあって、次作『ムーミン谷の十一月』を一家の登場しない作品として構想し、じぶんや家族を取りまいていた人々に対する観察記録を物語化したのではないでしょうか。

## ニューロマジョリティ的性質漂う作品

『ムーミン谷の十一月』には、ムーミン一家と同様にニューロマイノリティ的性質が窺《うかが》える人もいるにせよ、むしろ作品全体には過去のどの作品よりもニューロマジョリティ的な性質が漂っています。ニューロマイノリティとしての特性あふれるムーミン一家が不在なので、当然と言えば当然です。集まってきた人々が社交に耽る様子から、私はニューロマイノリティ研究の世界で言われる「ソーシャル・モチベーション仮説」を連想しました。ニューロマイノリティとニューロマジョリティを比べると、前者が社交への意欲に乏しく、後者は逆にそれが富むという理論です。

ただし、『ムーミン谷の十一月』にニューロマイノリティ的な要素がまったくないと言えるわけではありません。スナフキンは社交に対して当初は抵抗感を示し、共同生活をためらいます。ミムラが、〈ミムラに生まれて、ほんとうによかったわ。頭のてっぺんから足の先まで、とてもいい気持ちだもの〉（『十一月』p.76）なんて考える場面も、「自閉的」な語りが現れているように見えます。とりわけ、ホムサ・トフトはスナフキンと並んで、本作でもっともニューロマイノリティとしての特性が濃厚なキャラクターです。『ムーミン谷の夏まつり』について述べた箇所で、ホムサが「ホモセクシャル」を仄めかすこと、つまりトーベの分身だと暗示するキャラクターだということを説明しましたね。本作のホムサ・トフトはなおさらそうです。畑中さんは、トーベの幼少時の愛称は「トット」（Totto）で、トフト（Toft）と発音がすごく似ていると言っていました。外見だって、ホムサ・トフトとトーベはよく似ています。つまりホムサ・トフトは『ムーミン谷の十一月』に登場しないムーミントロールとはべつの仕方でのトーベの分身です。パーティーの際、フィリフヨンカによるムーミン一家を題材とした影絵芝居が上演されますが、「ホムサ・トフトはママのところばかり、一心に見つめていました」（『十一月』p.212）と語られます。それは死期を迎えていた母ハムに対するトーベの思いを反映しているのでしょう。

全編をとおして、ホムサ・トフトの自閉ぶりが好んで描かれていきます。

ホムサ・トフトは、ガラス玉のほうへ目をやりませんでした。あとで、ひとりっきりになってから、ながめたかったのです。（『十一月』p.55）

## 晩秋の自然描写

ムーミン・シリーズは、どの巻もういういしい自然描写にあふれていました。ニューロマイノリティの子どもが、ひときわゆたかな感覚世界を有し、そしてそれがまわりの人になかなか理解されないので、その独自の感覚について熱心に語りたがる。そんな私たちニューロマイノリティの姿を連想させるのがムーミン・シリーズに描かれたトーベの自然描写です。水辺の描写、春や夏や真冬の描写、夏から秋にかけての海に囲まれた島の描写、そして『ムーミン谷の十一月』では晩秋の描写が弾けます。スナフキンの体験世界を覗《のぞ》いてみましょう。

森は雨に降りこめられて重苦しく、木々はじっと立ちすくんでいました。なにもかも枯れはてて、死んでいました。

でも、足元の土の上には、むくむくとあたらしい命が生まれはじめていました。くちはてた枯れ葉の下から頭を持ち上げて、夏とは縁もゆかりもない、見なれないつやつやした植物が地面をはってもりあがり、秋もおわりのひみつの庭園が人知れずできかかっていました。むきだしになったブルーベリーの小枝は、黄ばんだ緑色。クランベリーは、血のようなこい色。すがたをかくしていた、こけの仲間たちが育ちはじめ、やがて森いっぱいにやわらかな大きいじゅうたんをしきつめたようになるのです。

どこを見ても、まあたらしい、あざやかな色であふれています。ナナカマドの実が地面いっぱいに輝いていたり、黒い色も目にとまります。シダです。

スナフキンは、作曲をしたくなりました。でも、作曲したくてどうにもたまらなくなるまで、じっとこらえることにしました。(『十一月』pp.36–37)

## 水と親しむキャラクターたち

本作では多くのキャラクターが、過去作のムーミン一族のように水と親しくしながら生きています。『ムーミン谷の十一月』は『ムーミンパパ海へいく』と並んで、しかも違った形での「みんな水の中」のモティーフの総決算です。ヘムレンさんは雨のなかを楽しく歩いていき、川の流れに深い印象を受けます。

（それにさ、雨にびしょぬれになってみたことだってなかったんだ）

ヘムレンさんは、両手をつばさみたいにふってみました。すると、いつか聞いた歌の中の男になったような気がしてきました。雨の中をたったひとり、ふるさとを遠くはなれて自由につき進む、あの男のように。

ヘムレンさんは、うれしくてたまりませんでした！　おまけに、もうじきあのベランダで、あたたかいコーヒーをごちそうになれるんです。

ムーミン谷の約一キロ東まで来たとき、ヘムレンさんは川岸に下りていきました。深い色をたたえる水の流れをじっとながめているうちに、ヘムレンさんはふと、人生って川みたいだなあ、と思いました。（『十一月』pp.44-45）

スクルッタおじさんはムーミン谷のせせらぎに対する偏愛を懐かしく思いだします。

（わしにいちばん大事なのは、あの谷間を流れているせせらぎなんだ。いや、ひょっとすると、

小川だったかな。でも、川じゃないことは、まちがいない）

おじさんは、せせらぎに決めてしまいました。小川よりもせせらぎのほうが、ずっと好きなのです。きれいにすんだ水がさらさら音をたてて流れている、せせらぎの橋に腰かけて、足をぶらんぶらんさせながら、泳ぎ回っている小さな魚たちをながめたものでした。（『十一月』p.63）

ミムラも水との戯れについて想像をめぐらします。

（橋の上に寝そべって、流れる水をながめるのもいいものだわ。走ったり、赤いブーツでジャブジャブ沼をわたったりするのも気持ちがいいわね。体をまるめて、屋根の上の雨の音に、じっと耳をすますのもいいものよ。たのしくすごすって、ほんとにわけのないことよ）（『十一月』p.87）

とりわけ、トーベの分身にしてムーミントロールの分身たるホムサ・トフトはもっとも「みんな水の中」の世界を生きています。たとえば彼は、秋の長雨の降る空間にくるまれています。

ふいにあたり一面に、灰色の霧が立ちこめてきて、すべてをかき消してしまいました。まぶ

たを閉じた世界はただの暗闇で、防水シートを打つ秋の長雨の音が聞こえるばかりでした。(『十一月』p.22)

ホムサ・トフトがムーミン谷に行きたいという思いを固め、旅立ったとき、その旅路は水の描写をたっぷりとたたえています。

とちゅうには深い池や沼がやたらとあり、古くなったり嵐が来たりで、たおれた大木が待ちかまえていました。さけた木の根が、大きな土のかたまりを持ち上げていて、その下に黒々とした水たまりが光っていました。

池や水たまりにぶつかるたびに、ホムサはまわり道をしていきましたが、一度も道にまよったりはしませんでした。

ホムサは、しあわせでいっぱいでした。自分がどうしたいのか、わかったのですからね。(中略)今、雨はやんでいますが、霧が森いっぱいに立ちこめていて、とてもきれいでした。丘のすそがムーミン谷に落ちこんでいくあたりでは、霧がいっそうこくなって、水たまりは少しずつ小さな流れとなり、小川もしだいにふえてきました。ホムサはその間をぬって進んでいきましたが、水の流れはどれも、ホムサの進む道と同じ方向をめざしていました。(『十一月』pp.48–49)

ホムサ・トフトがムーミン屋敷で読みふける本に登場するちびちび虫は、海のなかに生きています。

「この珍種は、定期的に谷間に生まれる放電をうけて力をたくわえ、白と紫色の光を放って、夜を明るく照らしだした。絶滅種であるちびちび虫の最後の生き残りは、しだいに海面に近づいていった。さらに水の底からわきだすあわに稲光がきらめく、ジャングルのはてしない沼地に進んでいこうとして、本来の自分のすがたから、まるでちがったものに変化していったその過程を想像してもらいたい」(『十一月』p.99)

ちなみに、この場面のあとで、ホムサ・トフトは「この章おわり」と言って、ろうそくを消し、眠りにつきます。「この章おわり」はホムサが読んでいる本に書かれてある文言なのですが、ホムサ・トフトがこう言うことで、『ムーミン谷の十一月』の章が実際にひとつ終わります。作品中の本の世界とムーミン・シリーズの世界、ホムサ・トフトの体験世界と読者の体験世界が連動する仕掛けが持ちこまれているわけで、トーベのメタフィクションへの「こだわり」、あの「脱文脈」の特性ないし能力がまたも露出します。

## 一緒にいてもひとりきりになれる

地味な印象のある『ムーミン谷の十一月』ですが、ムーミン・シリーズ最大の人気キャラクターと言えるスナフキンが登場していることは、多くの読者にとって救いとなっているはずです。これまでどおりスナフキンは、ニューロマイノリティとしてすこやかに自閉し、孤独のなかに生きています。

雨や水の流れるかすかな音が、あいかわらず聞こえてきます。孤独で完璧で、やさしいしらべでした。でも、雨の曲が作れないのなら、もう雨のことなんて、どうでもいいのです。(『十一月』p.38)

共同生活をするスナフキンは、不在のムーミン一家がとても恋しくなります。それはこの一家のメンバーのニューロマイノリティの特性が強く、それぞれの自閉度が高いからです。

はっと急に、スナフキンは一家のことが恋しくて、たまらなくなりました。あのひとたちだって、うるさいことはうるさいんです。おしゃべりだってしたがります。どこへ行っても、出くわします。でもいっしょにいても、ひとりっきりになれるんです。(『十一月』p.117)

その自閉性の高さゆえに、一緒にいてもひとりきりの気分にさせてくれるニューロマイノリティたち。ニューロマジョリティはきっと、そんなニューロマイノリティの自閉性にしばしばさみしさや物足りなさを感じるかもしれません。ですが、同じニューロマイノリティ同士ならば、とても心地の良い人間関係を築ける可能性となるのです。

## ムーミン谷の原型でスナフキンのモデルに出会う

『ムーミン谷の十一月』でスナフキンはホムサ・トフトにとって「自閉の師」とでも呼びうる位置にいます。過去作でムーミントロールがスナフキンに恋焦がれつづけたのに似て、ホムサ・トフトもスナフキンに憧れます。

なぜみんなはスナフキンを尊敬するんだろうと、ホムサは本気で考えてみました。パイプを吸うのは、かっこうがいいに決まっているけれど。もしかしたら、みんなから距離をとって、自分の世界に閉じこもっているからかもしれません。

（だけどそんなことは、ぼくだってしているんだ。でも立派だなんて、だれも思ってくれやしない。ぼくが小さすぎるせいだな）（『十一月』pp.187–188）

成熟したニューロマイノリティとして、その自閉性のゆえに尊敬されるスナフキンと、同じようにニューロマイノリティとして強い自閉度を備えているのに、まわりから軽んじられがちなホムサ・トフト。ここには、トーベがアトスに向けていた思いの核心部分が集約されているような気がします。どうしてじぶんは彼のような人になれないんだろうか。そんな憧れをトーベはムーミントロール、ティーティ・ウー、ホムサ・トフトなどをつうじて表現しつづけました。ムーミン・シリーズが終わる地点に立って振りかえれば、このシリーズはある意味ではひとつのスナフキン研究、アトス研究でした。しかし、『ムーミン谷の十一月』というシリーズ全体の末尾に至っても、トーベは「どうしてじぶんは彼みたいな人間ではないのだろうか」という残念な気持ちを書きしるしてしまう。問いは堂々めぐりのままシリーズが終わるのです。これだけの紙幅を費やしても、ついに憧れた人物は謎に留まる。これは、なんという素晴らしいことでしょうか。私はこのことがムーミン・シリーズについて、もっとも感動的なポイントではないかと思っているくらいです。

臨床心理士で、日本での「ニューロダイバーシティ」に関する議論を牽引している村中直人さんは、成熟した自閉スペクトラム症者とはどういう存在だろうかという思考実験を提示しています（私が編者のひとりを務めた『ニューロマイノリティ――発達障害の子どもたちを内側から理解する』をご覧ください）。一般にニューロマイノリティは幼稚と見なされがちなのですが、しかしすでに述べたようにニューロマイノリティというのは全人口の1％程度と語られ、その傾向がある人をすべて含めても全人口の1割以下と言われています。ニューロマジョリティだって似たもの同士ばかりとは言えませんが、異質きわまるニューロマイノリティに比べると同質性の高い人たちですから、人生のいわゆるロールモデルを発見するのは、比較的かんたんなわけです。それに対してニューロマイノリティは、「類似的他者」（國分 2019: 143-166）と呼べる人にはなかなか出会えません。加えて、多くのニューロマイノリティは、まわりからぶつけられる叱責や非難を内面化して、じぶんのありのままの姿を否定しながら成長し、ニューロマジョリティに「擬態」していることが多いので、よけいにニューロマイノリティがじぶんのそっくりさんと出会うのは難しいという事情があります。そうして、ニューロマイノリティの私たちはロールモデルを探しあぐねています。

ですが、トーベのように芸術家や学者が集まるコミュニティに属すことができたならば、そこにはニューロマイノリティの特性を発揮しているたくさんの人と出会えます。そのコミュニティ――ムーミン谷の原型！――によってトーベはアトスと出会うことができ、物語のレベルで言えば、ムーミントロールやホムサ・トフトはスナフキンと出会えたということになります。

コラム

# ぴったりの居場所がない人のために

畑中麻紀（翻訳者）

ムーミン・シリーズは誰のために描かれた物語なのだろうか。

1964年に行われたインタビューで、スウェーデン語系フィンランド人の詩人・作家であるボゥ・カルペランの「誰のために物語を描いているのか？」という問いに対して、トーベはこう答えている。

私の物語が誰のために、どんな読者に向けてのものなのかと言われたらたぶん、スクルットに、ということかと。つまり、自分にぴったりの居場所を見つけられなかったり、疎外されていたり、ギリギリのところにいたり、何というか、ちっぽけでむさくるしくて、みんなについていけないような、Bortkomlingenに。やっとのことで逃れられたり、隠れたりしている人たちのために、でしょうね。（Helen Svensson編『Resa med Tove – en minnesbok om Tove Jansson』〔トーベとの旅──トーベ・ヤンソンにまつわる思い出の本〕2002年より引用　訳：畑中麻紀）

Bortkomlingenというのはbortkomma（「いなくなる」、「道に迷う」などの意）という言葉が語源と思われるトーベの造語で、「はぐれ者」「はみだし者」「落ちこぼれ」「（精神的に）迷う人」

「臆病な変わり者」といったニュアンスの言葉だ。ちなみに本書で横道さんも書いているように、トーベの作品にはトーベの造語が使われていることが少なくなく、そういった言葉は辞書を引いても見つからない。

トーベの造語使いは日常生活でも同様だったようで、評伝『トーベ・ヤンソン――人生、芸術、言葉』の畑中との共訳者である森下圭子さんによると、フィンランドで「ボストンケーキ」と呼ばれる小さなシナモンロール生地をくっつけて大きな円状にして焼いたものをトーベは「ぐるぐるパン」と呼び、毎夏を過ごす島の売店で「ぐるぐるパンちょうだい」と言って買い物していたという。

さて、この**Bortkomlingen**は『ムーミンパパ海へいく』に登場する謎めいた「漁師」を指す言葉として使われている。「漁師」はムーミン一家が移り住んだ灯台のある小さな島の西の外れにひっそりと暮らしており、一家との関わりを持とうとはしない。

他者との距離を頑なに置く「漁師」のことをちびのミイは物語の序盤である2章で

「あの漁師は、bortkomlingen（はみだし者）で、頭の中には、海草しかつまっていないのよ」

と表現する。

その後も漁師のスタンスは変わらず、物語の終盤の8章ではついにムーミンママまでも

「こうなったら、ね。わたしが自分で行って、礼儀正しいむかしふうのやりかたで、bortkomlingen（臆病でへんくつなあのひと）を招待してくるわ」と言うのだ。

そんな「漁師」もついには、ずっと彼が避けていた一家と、そして自分自身と対峙する。そこに至ることができたのは、ムーミン一家という触媒により、「漁師」をとりまく環境が絶望から安心へと変化したからではないだろうか。

「漁師」だけではない。この物語は語られる者たちそれぞれの喪失と回復の物語と評されることが多い。とはいえ状況を考えると、一見ハッピーエンドに思える物語は安易に「めでたしめでたし」とは言えず、この先も幾度となく危機が訪れるだろうという予期不安がぬぐえない。それでももう、そこは絶望の世界ではない。相変わらずあちこちぶつかりながらも、どうにか心を守りつつ、不器用に生きていくことを自分自身に許せる世界なのだ。

Bortkomlingenたちの心を守るものとは何か。それはたぶん、他者に邪魔されずに自身が心地よく過ごせる、穏やかな孤独の時間だろう。

好きなものを共感できる仲間がいることはうれしい。それでも、ひとりぼっちでその世界に浸る孤独な時間が、心を健康に保つためには絶対に必要なのだ。「孤立」という心さみしいひとりぼっちではなく、押しつぶされた心が解放されていく「孤独」の時間が。

短編集『ムーミン谷の仲間たち』所収の「春のしらべ」で、スナフキンは春の歌を作ろうとしていたところ、小さな生きもの、はい虫(Bortkomlingenと言えるだろう)に邪魔をされてうんざりしてしまう。ところが、スナフキンに名前を授けられたことでこの子は一個の人格であることに目覚め、スナフキンへの執着や崇拝を手放す。すると、スナフキンにも変化が起きる。あまりにも遠くに行ってしまってもう二度とつかまえられないと諦めていたメロディが、スナフキンのもとに戻ってくるのだ。

その曲は、あこがれや、春のもの悲しさとともに、ひとりきりでいられることの喜びを表現しているものだった。

「ひとりきりでいられること」が大きな喜びとして描かれていることに、救われる気持ちになる読者は少なくないだろう。友達がいないことや、様々な場面でひとりを好む者に対して、世間は冷たい目を向けることが多い。でも、ひとりきりでいることは悪いことなどではない。心の回復のために必要なことであり、しあわせな時間だ。そしてそれは、孤立とは異なるため、実は誰かと一緒にいても成立するのである。最後に本書129ページと同じところを引用する。

はっと急に、スナフキンは一家のことが恋しくて、たまらなくなりました。あのひとたちだって、うるさいことはうるさいんです。おしゃべりだってしたがります。どこへ行っても、出くわします。でもいっしょにいても、ひとりっきりになれるんです。（『十一月』p.117）

心地よい孤独が守られる場所。それがムーミン谷であり、きっと、世界のあちこちにムーミン谷は存在するのだと思う。

# 5 補足的視点

ムーミン絵本
ムーミン・コミックス
絵画、小説、エッセイ

# ムーミン絵本

## 仕掛け絵本の魅力

最後の第5章では、ムーミン・シリーズ（小説版ムーミン作品）を離れて、第4章までに述べてきたことの落穂拾いをしていきたいと思います。まずムーミン谷の生きものたちが登場する物語絵本が3冊あります。日本語版は、原語のスウェーデン語からではなく、フィンランド語から重訳されています。

1冊目は1952年に刊行された『それからどうなるの?』で、時期としては『ムーミンパパの思い出』（1950年）と『ムーミン谷の夏まつり』（1954年）に挟まる頃に刊行されました。ムーミントロールがお使いに行く途中、ミイを探しているミムラに協力して、一緒に探すことになり、日常生活のいろんな場面が冒険として展開するという内容です。もっとも特徴的なのは、ページを開くごとに物理的に穴の空いている部分があって、つぎのページが一部だけ覗いている造本になっていることです（いわゆる「仕掛け絵本」ですね）。じぶんで挿絵を描いて追加するように促される箇所まであります。トーベのシュールレアリスムやメタフィクションへの志向がよく現れていて、私はムーミン関係の作品で（つまりムーミン・シリーズも含めて）この絵本がいちばん好きかもしれません。

## マティスを思わせる鮮烈な色彩感覚

2冊目は1960年に刊行された『さびしがりやのクニット』で、時期としては『ムーミン谷の冬』（1957年）と『ムーミン谷の仲間たち』（1962年）に挟まる頃に刊行されました。少年クニットが冒険を経て少女スクルットに出会う物語で、またもボーイ・ミーツ・ガールのモティーフが反復されます。ムーミントロールが登場しない異色作で、ムーミン一家の周辺キャラクターに照明を当てているという点で『ムーミン谷の仲間たち』や『ムーミン谷の十一月』を先取りしています。クニットはムーミントロールの分身、そして、のちのホムサ・トフトの先駆形態と考えられますから、トーベはこの頃からムーミントロールとは別のキャラクターにじぶんを投影しながら物語を進めたいと考えるようになっていたのでしょうね。

以上の2冊の絵本で、トーベは極彩色のフルカラーでムーミン谷の世界観を表現しました。その鮮烈な色彩感覚はアンリ・マティスを連想させます。実際、トーベはマティスが大好きでした（ヴェスティン 2021: 317）。

## 典型的なタイプの読者が登場

それに対して『ムーミン谷の十一月』の7年後、1977年に刊行された三冊目の絵本『ムーミン谷へのふしぎな旅』は、『ムーミン谷の十一月』での寂れた雰囲気を引きずっていて、枯葉を思わせる淡々とした色使いが印象的です。クライマックスで描かれるパーティーの様子も、どことなく寂しい淡い色使いです。スサンナという女の子がムーミン谷に旅をして、冒険を経験するのですが、私は彼女の外見に心を打たれました。自閉的な顔つきがくっきりとしていて、私の身近にいるニューロマイノリティの女性の何人かを思いださずにいられません。トーベはムーミン・シリーズの読者の典型的なタイプを、よく理解できていたということになりそうです。もっとも、それはトーベ自身とかなり共通性の高いタイプの人ということになるわけですけれども。

合計3種のムーミン絵本は、小説のムーミン・シリーズと共通する魅力を備えている上に、イラストが画面狭しと広がり、また少ないページ数で物語がミニマリスティックに進みます。それで私には、トーベならではの大胆な越境精神と脈動する物語感覚が、小説以上に明瞭に現れているように思われます。ところで、この3作をみなさん、ぜひ読んでみて欲しいのですが、それぞれの絵本に登場するヘムルたちは、なぜいずれも巨大生物なのでしょうか。ムーミン・シリーズ第1作の『小さなトロールと大きな洪水』でもヘムルが巨人のような存在として造形されていました。この謎の解答は、もう少しあとでお知らせしますね。

# ムーミン・コミックス

## 2000万人の読者

トーベが初めてムーミン谷を舞台としたマンガ——以下、「ムーミン・コミックス」と呼ぶことにします——を描いたのは1947年から1948年にかけてで、ヘルシンキのスウェーデン語系日刊紙『ニィ・ティド』に掲載されました。金曜日ごとに連載されたのですが、半年で打ちきりになってしまいます。その数年後、当時世界最大の発行部数を誇っていたというイギリスの夕刊紙『イヴニング・ニューズ』から連載の依頼が舞いこみ、1954年から連載が開始されます。今度は日曜を除く週6日の連載でした。この連載でムーミン谷の生きものたちはマンガ的なキャラクター性を強められ、ムーミンパパにはシルクハットが被せられ、ムーミンママはエプロンを着けるようになりました。ピーク時の連載掲載紙は約40カ国の約120紙に及び、読者は2000万人だったということですから、たいへんなものです（カルヤライネ

ン 2014: 237)。

トーベはこの連載によってすっかり疲弊し、「ムーミントロールに吐き気さえ感じてしまう」と弱音を吐きました（ヴェスティン 2021: 349)。トーベは弟ラルスと共作することで窮境を凌《しの》ごうとし、１９５９年にはムーミン・コミックスをラルスひとりに委ねて、撤退してしまいます。その後はラルスが連載を続け、１９７５年に連載が終了しました。筑摩書房から出ている全14巻の『ムーミン・コミックス』には、『ニィ・ティド』に連載されたものと、『イヴニング・ニューズ』にトーベが連載した21話すべて、そしてラルスが連載した52話のうち21話が掲載されています。ラルス版はいかにも美的センスが不充分ですし、私はトーベ版にしても、ムーミン・コミックスは小説版に比べると魅力が足りないと感じながら読んだというのが正直なところです。

## モンティ・パイソンのような魅力の旧訳版

ところが、そんな私に二村さんが「横道さんにはぜひ旧訳版を読んでもらいたいんです」と言ってくれました。「そうすると、モンティ・パイソンみたいな魅力がわかりますよ」とのことでした。旧訳版とは１９６９年から１９７０年に刊行されていた講談社の『ムーミンまんがシリーズ』(全10巻）です。序文は草森紳一、装丁は水野石文《いしぶみ》とクレジットされていますが、なぜか訳者はクレジットされていません。こういう児童向けの絵本は汚損が激しくなりがちですし、現存数が乏しい事例も多く、古本屋でもなかなか全巻セットを見つけられません。膨大な数の図書資料を収蔵している国立国会図書館に行って検索してみましたが、ここにも全巻は所蔵されておらず、残念ながら一部を読むことができただけでした。

読んでみた感想はと言えば、新訳版に比べると砕けた訳文が採用されていて、スラップスティックな味わいとシュールレアリスムの掛けあわせが新訳版よりもくっきりしています。そのようなノリで知られるイギリスのお笑いグループ、モンティ・パイソンを連想するという二村さんの意見にも納得できるものがありました。余談ですが、このお笑いグループに関しては、私は『モンティ・パイソン・アンド・ホーリー・グレイル』（1975年）という低予算映画がとても好きです。この映画は福田雄一監督のテレビドラマ『勇者ヨシヒコシリーズ』（テレビ東京系列）において、ゲーム『ドラゴンクエスト』シリーズと並ぶ「元ネタ」となっています。

## ムーミン・シリーズとのモティーフの重なり

新訳版でムーミン・コミックスを通読していると、ムーミン・シリーズとのモティーフの重なりに何度も気づかされました。『ムーミン谷の彗星』（1946年）の内容は『ニィ・ティド』に連載された「ムーミントロールと地球の終わり」（1947〜1948年）で反復され、『イヴニング・ニューズ』に連載された「彗星がふってくる日」（1959年）でさらに反復されます。『イヴニング・ニューズ』に連載された「恋するムーミン」（1956年）、「ムーミンパパの灯台守」（1957年）、「ムーミン、海へいく」（1959年）に登場したさまざまなモティーフが、『ムーミンパパ海へいく』（1965年）に合流したことがわかります。『イヴニング・ニューズ』に連載された「やっかいな冬」（1955年）は『ムーミン谷の冬』（1957年）に発展したと考えられます。同一モティーフにこだわる、というトーベのニューロマイノリティ的性質が、マンガ版にもくっきり示されています。

# 絵画、小説、エッセイ

トーベは伝統的な手法に従った絵画作品も多く制作しました。風景画も人物画もあって、具象的な筆致の作品も抽象的な筆致の作品もあります。自画像の多さが目立ちます。ちょうどフィンセント・ファン・ゴッホと同じように、トーベは多数の自画像を生みだし、そのような制作を通じても自己と向きあいました。そこにはニューロマイノリティ的自閉度の特徴もあったのかもしれませんけれど、創作者としての強い意志をそれだけのせいにするのは、さすがに乱暴というものでしょう。自画像を同様に多数制作したフィンセント・ファン・ゴッホが、ニューロマイノリティだったかどうかについては、さまざまな見解があります。自画像には実際のトーベよりも顔立ちをグロテスクに表現したものも含まれていて、ムーミントロールの性格に再現されていたトーベの控えめさや自信のなさが窺えます。

トーベはおとな向けの文学作品も書いています。トーベが書いた、ムーミン・シリーズに属さないおとな向けの長編小説、短編小説集、長編エッセイを一覧にしておきましょう。

『旅のスケッチ――トーベ・ヤンソン初期短篇集』（1934〜1940年に発表された短編を集成した日本独自の短編集）
1968年『彫刻家の娘』（長編）
1971年『聴く女』（短編集）
1972年『少女ソフィアの夏』（連作短編集）
1974年『太陽の街』（長編）
1978年『人形の家』（短編集）
1982年『誠実な詐欺師』（長編）
1984年『石の原野』（長編）
1987年『軽い手荷物の旅』（短編集）
1989年『フェアプレイ』（長編）
1991年『クララからの手紙』（短編集）
1993年『島暮らしの記録』（エッセイ）
1998年『メッセージ』（自選短編集。8編が書きおろし）

総論を述べておくと、これらのおとな向けの作品を読んでいても、ムーミン・シリーズとの共通性はそこかしこに確認することができます。多くの作品はミニマリズム作品（単純さを重視して作られた創作物）の様式を持っていて、構造は簡潔なものが多いです。ムーミン・シリーズの個々の作品にも指摘できる特徴です。それぞれのおとな向け作品は、扱う対象あるいは関心の範囲が限定されていて、一般社会との関係が希薄なことが多く、トーベらしい自閉度を感じさせます。ムーミン・シリーズで披露されたもろもろのテーマを延長戦のような形で展開していると感じさせる部分も散見されます。以下で、私なりに気になった要素をいくつか拾いだしてみましょう。

### 自閉的創作法とソウルメイト問題

『メッセージ』に収録された「コニコヴァへの手紙」は、アメリカに移住した友人エヴァ・コニコヴァに宛てた１９４１年の手紙を一部転載した作品、あるいはそのような様式を装っている作品です。トーベはつぎのように書いています。

お願いだから、一度だけこれを言わせて。散々聞かされてもうんざりなのは、社会的責任、社会への認識、多数派という言葉。はっきり言っておくけど、社会的傾向のある芸術なんてわたしは認めない。わたしが信じているのは芸術のための芸術《l'art pour l'art》よ、以上!」(『メッセージ』61)

作品が社会性を帯びることを否定し、芸術のための芸術に生きると宣言する創作者。そのような自閉的な芸術家がトーベの理想でした。少女時代を懐古した自伝的小説『彫刻家の娘』には、つぎのような一節があります。

ほんとうに大切なものがあれば、ほかのものすべてを無視していい。そうすればうまくいく。自分の世界に入りこみ、目をとじて、おおげさな言葉を休まずつぶやきつづける。そのうち確信がもてるようになる。(『彫刻家の娘』33–34)

じぶんの自閉性に逆らわず、こだわりを感じるものに集中することで想像力が湧きあがる。これがトーベの自閉的創作法でした。『軽い手荷物の旅』には、「往復書簡」という作品が掲載されています。日本の少女タミコ・アツミから来た手紙を何通か転載したという体裁を取っていますが、トーベの創作です。そこでタミコはトーベに書いています。

ああ、

大好きなヤンソンさん。ほかの人のことを気にしない、
どう思っているのか、わかってくれているのかなんて気にしない。
そうすれば語っているあいだ、ただ物語と自分自身だけが問題になる。
それでこそ、ほんとうの意味で孤独になれるのですね。(『軽い手荷物の旅』15)

じぶんだけになって物語に向きあい、孤独になる。ムーミン谷のスナフキンがハーモニカで作曲するときと同じような自閉性によって、人は物語を紡げるようになるとトーベは考えていました。

トーベのニューロマイノリティ的特性にとって、ソウルメイトの問題は重要な位置づけにありましたね。ニューロマイノリティは少数派ですから、似たような他者との交流に飢えていて、じぶんとよく似た人に感激し、とことんまで入れこむ傾向があります。『旅のスケッチ』に収められた1938年の「鬚」という短編小説からは、ムーミン・シリーズが始まる前のトーベの「ソウルメイト」問題に対する見解が窺えます。恋に恋するクリスティナは考えます。

必要なのは〈霊的な交流〉、いわゆる〈魂の連帯〉であって——そうよ、そんなもの、かわいそうなパパやママにわかるはずもない。あのひとたちが考えるのは靴下や為替のことばっかりで、この世でいちばん重要なのは検閲やら肉団子やらだと信じて疑わない。つまり、もの

ごとを正しく見ない、他人のことを考えない、というわけね。パパとママのことを考えると、心は穏やかな憐れみに満たされる。家に帰ったら、ものの正しい見方を教えてあげよう。(『旅のスケッチ』36-37)

しかし、そう思うクリスティナと恋人の画家との気持ちはすれ違っています。相手は彼女ほどロマンティックな夢想家ではないのです。

「ぼくだって、四六時中、考えてるわけにはいかないさ」と彼は不機嫌にいい返す。「いつもいつも、きみの魂やぼくの魂やぼくらの魂のことを語るのは、さすがにぼくだって飽き飽きするとは思わないか?」

「なら、このあたしはあなたの魂とやらに興味があるとでも?」とクリスティナはかっとなる。「冗談じゃないわ!」(『旅のスケッチ』44-45)

クリスティナは相手がじぶんと同じような「ソウルメイト」へのロマンティシズムを抱いていないと理解すると、一気に恋の熱を冷ましてしまいます。

しばらく彼は黙っていたが、彼女をだきしめた。「わからない? ぼくはきみに憧れてきた。

これまでずっとさ。でも我慢して、なにもいわず、きみにほとんど触れてもいない。ただ、ぼくらの魂についてのつまらぬお喋りに終始した。ぼくらの魂なんて、くそ喰らえだ！　わかったかい、日々はあっというまにすぎる。この春はぼくらにとって最後の春かもしれない！　ぼくが欲しいのはきみの魂じゃない、きみのすべてさ、わかるか！」

クリスティナは身を振りほどく。怖かったし、驚いてもいた。「わからない――そんなこと考えたことも――だって――あたしにその気はないもの。がっかりしないわよね？」（『旅のスケッチ』46-48）

トーベの「ソウルメイト」問題への思い入れが濃厚に伝わってくるすてきな短編と言うことができます。

## 収集癖とキャラクター・ビジネス

ムーミン・シリーズには収集癖を持ったニューロマイノリティ的キャラクターが何人も登場していましたよね。トーベの長編小説『フェアプレイ』には、主人公ヨンナのコレクションが紹介されています。この作品ではヨンナとその友人マリという老いた女性ふたりの共同生活が描かれていて、トーベの私生活の事情を知っていると、これはトーベとトゥーリッキのカップルをモデルにしていることがわかります。ヨンナは映画を愛していて、好みの映画監督のビデオカセットをたくさん集めています。ライナー・ヴェルナー・ファスビンダー、フランソワ・トリュフォー、イングマール・ベルイマン、ルキノ・ヴィスコンティ、ジャン・ルノワール、ビリー・ワイルダー、チャーリー・チャップリンなどの作品を収めたビデオカセットが大量に保存されていて、それらは「みなヨンナによって選びぬかれ、勝利の月桂冠を与えられた監督ばかりで、ヨンナが友人のマリに贈りうる最高のプレゼントなのだ」と説明されます（『フェアプレイ』14）。ヨンナが「名誉の映画」と呼ぶ作品も収集の対象になります。「西部劇《ウエスタン》、ロビンフッドもの、荒くれの海賊ロマン、そして正義と勇気と騎士道をたたえる単純な武勇譚の類」です（『フェアプレイ』15）。コレクションによって、ヨンナの生活空間は制覇されています。

ヨンナはビデオカセットをケースにしまう。ヨンナが一生かけて蒐集した記事、写真、映画資料館のコピーであらかじめ装丁されたケースは、ビデオ専用の棚の定位置に収められ、落ちついた色彩と金色からなる調和のとれた美しい表面をつくりあげる。ケースの背の小さな国旗は映画の制作国を示す。ヨンナとマリが録画した作品をもう一度観る暇はめったにない。対処しなければならない新顔が洪水のように流れこんでくるからだ。家じゅうの棚という棚はみなとうの昔に埋めつくされ、じっさい玄関の棚は必要だったのである。（『フェアプレイ』14）

他方、長編小説『誠実な詐欺師』では、ムーミン・ビジネスの体験が反映されています。現実主義的で人を信じない娘カトリは、夢想的な絵本作家で兎のキャラクター・ビジネスに苦労している老女アンナの財産を増やし、その利益から弟が欲しがっているボートを購入する計画を立案します。カトリはアンナの信頼を得て、印税問題を解決していきますが、その過程で人を疑うことを知らなかったアンナは周囲の人々の悪意に気づき、憤りを覚えるようになるのです。アンナとカトリがやりとりする場面はこんな感じです。


カトリはかまわず続ける。「これはアマチュア劇団の手紙。花模様の兎を使いたいのだそうです。自分たちで花柄をペイントしているのですが、兎を使うことはほとんど周知の事実となっているようです。文無しですが、入場料はとります。格安のパーセントを提示しました」

「だめよ」アンナは反論する。「使用料はいらないわ」

「二パーセントで合意しました。見解を翻すわけにはいきません。これは繊維工場。先方は三パーセントを、わたしは五パーセントを提示しました。おそらく三・五パーセントか、よくても四パーセントで落ちつくでしょう。いいえ、なにも言わないで。こちらが率を上げようとしなければ先方は敬意を失うだけです。またゴム会社から来てます。兎の内部に音の出る装置を埋めこみたいので、パーセントを下げてほしいと。高価になりますが、売れゆきはよくなるでしょう。どうしますか？」（『誠実な詐欺師』120）

カトリとアンナは、トーベ自身がふたりの人格に分裂しているのだろうと推測できます。夢想的な反面、現実主義者としての一面も持ち、その独自のバランスでムーミン世界を構築していったトーベ。ムーミン・シリーズで何度も実行された「分身の二乗」作戦が、『誠実な詐欺師』にも登場したのです。

## ホラー風味と色彩へのこだわり

『聴く女』に収録された短編「黒と白――エドワード・ゴーリーに捧ぐ」には、挿絵画家の男が登場します。ゴーリーはアメリカの絵本作家で、シュールレアリスティックな風味とホラーな風味が融合した作風で知られ、その作品は日本でも高い人気を誇っています。トーベのこの作品で妻のステラは工業デザイナーですから、男はトーベ、妻はトゥーリッキをモデルにしているとも、夫婦はトーベの父ファッファンと母ハムをモデルにしているとも読むことができます。男はホラー小説の挿絵を描いています。

あの部屋を描く、扉のない怖ろしい部屋を。膨張する部屋が弓なりにたわみ、察知できぬほど微細な翳りが白壁に亀裂を刻んでも、彼は亀裂を走らせ拡がるにまかせ、そのひとつひとつを描きつくす。テラスに面した窓壁の巨大なガラスは内からの圧力に堪えかねて破裂せんばかり。彼はできるだけすばやくペンを滑らせ、と同時に、床にぽっかり口を開ける深淵を見る。黒かった。ますます仕事のペースをあげるが、ペン先が深淵の闇に辿りつく前に、彼の描く部屋は揺らぎ、外側に弾けとび、崩れおちていった。(『聴く女』58–59)

ホラー風味の絵を描いていると、じぶんの体験世界もホラー的な奈落に落ちていきそうになるという感覚。おそらくこれをトーベは心から愛し、楽しんでいたと思うのです。

色彩についての考えも見ておきましょう。ムーミン谷の生きものは、フルカラーで描かれている場合、初期には素朴な色合いを施されていました。しかしそのうちに極彩色で描かれるようになり、そのあと枯れたような色合いが選ばれるようになりました。ムーミン・シリーズの刊行が終盤に入っていた時期に出版された『彫刻家の娘』には、その頃のトーベの色彩に対する考え方が表明されています。

きちんと描かれた森の絵では、コケ、幹、モミの木の枝など、すべてが灰色と茶色と緑色の中間のおごそかな色合い、だいたい同系の微妙な配色でなければならない。しかも緑はほんのすこしでいい。人物を入れたいなら、たとえば王女を描きいれるといい。王女というものは、白く、ほっそりしていて、長い金髪をなびかせているものだ。絵の中央、または黄金分割の位置に描けばいい。ジョン・バウアーが死んでしまってからというもの、王女たちは現代風になって、色などおかまいなしに描かれるようになってしまった。これでは着かざったそこらの子どもと変わらない。(『彫刻家の娘』81)

幻想的な雰囲気の絵をたくさん残したスウェーデンの画家ジョン・バウアー(原語に近い発音は「ヨン・バウエル」)が、トーベにとって理想的な色彩感覚の画家として言及されています。とはいえ、「現代風」で「色などおかまいなし」で「着かざったそこらの子ども」みたいというのは、ややもすると、かつてのトーベ自身の色彩感覚を否定しているかのようで、なんだかおもしろいですね。もしかすると、これもニューロマイノリティ的極端さの現れなのでしょうか。

## ムーミン谷とムーミン屋敷の原型

『聴く女』に収録された「愛の物語」で、ある画家がヴェネツィア・ビエンナーレ展のもっとも小さな展示室で、感動的な作品に出会います。

正真正銘の讃嘆にうたれ、ある展示品の前に立ちつくす。自然主義的ともいえる彫刻、女性の尻の大理石像である。ばら色の大理石に刻まれたその美しい作品は、胴体《トルソ》の古典表現にならって膝のすこし上で切断されているのみならず、臍《へそ》の上でも切断されている。彫刻家はこ

の自由で完璧な臀部《でんぶ》にしか興味がなかったのだ。(『聴く女』75–76)

この彫刻家の男は、トーベのいつもの「自閉」の流儀を踏まえると、やはり父ファッファンをモデルにしているのでしょう。画家は女性の尻だけを切りだした彫刻に感動し、彫刻家が興味を抱いているのは女性像のその箇所だけだと説明される。ここにはトーベから見た父の女性観が表現されていると思われます。フェティシズムが描かれているのかもしれませんが、いわゆる女好きの男性が、しばしば女性の人権に対する敵対者として振るまうことを私は連想しました。私たちがSNSなんかを利用していても女性の性的な魅力を愛するあまり、内面性がじぶんにとって好ましくない女性を否定し、侮蔑するようになった「女体好きの女嫌い」の男性をたくさん見かけます。ただし、ファッファンが実際にどんな人だったのかについて、私はなにも知らないのですけれども。

『彫刻家の娘』には、たくさんの動物たちが登場します。サルのポポリーノ、20羽以上のカナリア、ウサギたち、黄ネズミ、犬、ヒツジ、ネコたち、リス、カラス(『彫刻家の娘』142–158)。どこからどこまでがトーベの実家のペットで、どこからどこまでが家に闖入《ちんにゅう》してきた生きものたちなのかは不明ですが、このような描写から、愛らしい生きものが多数生息しているムーミン谷の原型が理解できるというものです。『人形の家』に収められた短編「猿」では、彫刻家と飼っているサルの交流が描かれていますが、これはファッファンの実際の姿を下敷きにしています。

『彫刻家の娘』を読んでいると、トーベの実家の家や庭もムーミン屋敷の原型になったのだろうことが想像できます。


祖父と祖母がたてた大きな家には、中折れのある屋根、たくさんの部屋と階段とテラス、大きなベランダがあり、家の中や外のいたるところに白木の家具がおいてある。

家ができあがると、草木が植えられた。祖父が植えると、花の咲く木も灌木もすべて根をおろし、おいしげったので、野原はエデンの園のようになった。りっぱな黒いあごひげをはやした祖父はこの園をよく散歩した。祖父がひょいと杖でさししめすだけで、どんな草木も祝福され、ぐんぐん育って、たわわに実をつけるのだった。

スイカズラやアメリカヅタが家をかこいこみ、小さなツルバラがベランダを壁のようにおおう。うすい灰色のシルクを着た祖母がベランダにすわり、子どもたちを育て、祖母のまわりを飛びかうたくさんのミツバチやマルハナバチが、かすかなオルガン曲のような音をたてる。

(『彫刻家の娘』8–9)


ムーミン・シリーズ末期に出された『彫刻家の娘』には、ムーミン・ファンに対する読者サービスという狙いもあったのでしょうね。現実のどういう場所からムーミン谷やムーミン屋敷が芽生えてきたか、それとなく示されているのです。

『クララからの手紙』に収録された「カリン、わが友」も見てみましょう。話題になる少女カリンについて「わたし」は彼女が7ヶ月だけ年上の従姉で、ドイツに住んでいることを説明し、「しかもうつくしい」、「わたしは彼女を愛している」と表明します（『クララからの手紙』139）。カリンは敬虔なキリスト教徒で、その信仰熱心な姿に「わたし」は戸惑いを隠せません。贈り物をすると、カリンは「いつでもまず浴室に行き、贈りものを受けていいかどうかを神と相談する」のです。

受けてもいいと思われる贈りものもあるが、たいていは海に投げすてられる運命だ。カリンがとくに気に入ったものは、なにがなんでも海に投げすてられねばならない。（『クララからの手紙』152–153）

なぜ気に入ったものを捨てるかといえば、神に対する信仰の妨げになるからです。そのためにカリンは愛する両親からも離れてしまいます。

「いずれあなたともお別れね」とカリンは言った。

そのときはじめて彼女がわたしを愛しているのだと悟った。悲しい歓びだ。（『クララからの手紙』153)

カリンが生まれつきニューロマイノリティだから、自閉的な信仰者になったのか――以前にも述べましたけれども、ニューロマイノリティの特性は、きわめて遺伝的に伝達されやすいです――、それとも熱心な信仰者だからこそ、自閉的な印象を与えるのかは、私にはわかりません。しかし、「わたし」とカリンの関係には、ムーミン谷の生きものたちの自閉性と、それを尊重する他者との交流の原型のようなものが示されていると感じます。

ところで「わたし」とカリンという従姉妹同士の結びつきが「愛している」という強い表現をともなって叙述されていることから、この作品にトーベのレズビアニズムを読みこむことは不可能ではないはずです。ただし、ふつうに読むならば、ふたりの少女の関係はもっと穏やかなものに見えます。このような形の創作は近年の日本では「百合」と呼ばれています。「百合」の範囲についてはさまざまな意見があり、友情未満のものから性行為をともなうものまでグラデーションがありますが、多くの「百合」が扱うのは、友情以上・恋愛未満の少女同士の情緒的結びつきだと思います。

## 叔父たちとヘムルたち

『メッセージ』に収められた「我が愛しき叔父たち」では、母ハムのきょうだいが話題になっています。ハムの姉エルサ（トーベの伯母）は、牧師と結婚してドイツに移住しました。弟は4人います。いちばん上のトシュテンは鉱山技師で、冒険心にあふれ、アメリカに渡ってアラスカで漁の警備員をしたり、ネイティヴ・アメリカンと取引をしたりしていたそうです。家の改築と増築に熱心でもありました。うえから2番目のエイナルはスウェーデンのカロリンスカ研究所の医化学教授で、15歳で学校を辞めたトーベはこの人の家に下宿していました。カロリンスカ研究所にはノーベル賞の選考委員会があるのに（あるいは、それゆえに？）、「ノーベル賞なんて！」と笑いとばしていたとのこと。応接間を水族館にしたり、その後さらに改装して、滝が流れ、電気仕掛けの電車が走るジオラマを設置したりしました。クリスマス・パーティーのために、南アフリカで撮影してきた8ミリフィルムを親族の前で上映することもあったそうです。

上から3番目のオーロフは大学で生物学の講師を務めていました。とある虫を夢中になって探しつづけたり、木のボート作りに熱中したりしました。叔父たちはおおむね宗教的な議論を好みましたが、賛成と反対をめぐって侃侃諤諤《かんかんがくがく》のなか、オーロフだけはこの種の問題に無関心でいたそうです。彼はエイナルの南アフリカ旅行にも興味を示しませんでした。いちばん下のハラルドは兄弟でいちばんの有名人だと説明されています。大学で数学の講師をしていたほか、ヨットマン、スキー選手、登山家としても活躍したそうです。スウェーデンを代表する吟遊詩人エーヴェルト・トウベの歌をすべて巧みに歌うことができたほか、古い漁師小屋で眠るのが大好きでした。エイナルの南アフリカ旅行中は、どこかでスキーに熱中していたらしいです。

このようにトーベの叔父さんたちが紹介されていくのですが、みなさんは何か連想しませんでしたか。そう、ムーミン・シリーズに登場するヘムルたちのことです。彼らは同一種族なのに、どうしてあんなに多様だったのでしょうか。切手や昆虫の収集をする者、警察官、スキーヤー、静かにしているのを好む者もいましたね。その理由は、四人の別々の叔父がヘムルたちに投影されていたからだと考えられます。ヘムルが、しばしば巨大生物として描かれていた理由の謎も解けます。子どもの頃のトーベから見て、巨人のように見えたということなわけですね。『さびしがりやのクニット』の挿絵に至っては、巨大生物のヘムルたちはきっちり4体ぶん描かれています。

『メッセージ』は、生前最後に刊行されたトーベの本です。トーベは最後の最後になって、ムーミン・シリーズに関する重大な「秘密」をひとつ明らかにして、この世を去ったのですね。

## 自然風景の描写

おとな向けの小説でも、トーベの風景描写の美しさは健在です。『彫刻家の娘』には、雪に降りこめられた実家がつぎのように描写されています。

つぎの朝、水底にしずんでしまったみたいに、部屋じゅうが緑色の光であふれていた。ママは眠っている。わたしは起きあがり、扉をあけると、朝だというのにどの部屋でもランプが燃えている。窓全体をおおっている雪ごしに、緑の光がさしこんできている。(『彫刻家の娘』193)

『聴く女』に収録された「春について」では、冬の終わりが美しく描写されています。

翌朝、空はどこまでも晴れやかで、まばゆい光の洪水で満たされ、やがて時間の経過とともに雪が溶けはじめた。重い湿った塊となって雪が屋根からどさりと滑りおちる。外では移動や変化による突発事がつぎつぎと起こる。トタン屋根を打つ雫、流れる水、そして不断に降りそそぐ要求がましい強烈な光。わたしは街路に出た。ごうごうと唸《うな》り声をあげる奔流が、烈しく揺すぶられて路地や歩道に溢れでる。そのまにも落ちてくる雪がどさりと重い音をたてる。

剝《む》きだしの光にさらされたどの顔にも、過ぎさった冬の痕跡の片鱗すらも認められない。いっさいはあざやかで、外向きで、あからさまで、光に刺し貫かれている。(『聴く女』95–96)

以上のふたつの引用は『ムーミン谷の冬』を思いださせる情景ですよね。『たのしいムーミン一家』などで表現されていた熱帯雨林への憧れも、おとな向けの長編小説で反復されます。『少女ソフィアの夏』を見てみましょう。

七月の早朝のことだった。まえの晩に雨が降ったので、とてもあたたかかった。岩肌から湯気がたち、苔《こけ》や岩のさけめはみずみずしく、なにもかもがしっとりと色合いを深めていた。ベランダの前の茂みときたら、まるで熱帯雨林のようだ。朝の薄暗がりの中でさがしものをしていると、やたらと密集している葉っぱや花を、折らないように気をつけなければならないし、手を口にあてていなければいけないしで、ひと苦労だった。そのうえ、よろけてころばないようにしなければならなかった。(『少女ソフィアの夏』8)

『太陽の街』で、家が燃える悪夢に悩まされているトンプソン氏は、大きな緑の葉が影を落とすことの多い窓ぎわの椅子に腰かけ、熱帯樹林の空想に耽ります。

初夏に活気づく葉むらが部屋を翳らせて彼を囲う。トンプソンは新しい遊びを思いつく。彼は熱帯樹林《ジャングル》に生きている。窓の外の熱帯樹林《ジャングル》はますます深くなり、猛然と育つ植物がセント・ピーターズバーグの街を覆いつくす。蔓科の植物がひそかにヴェランダに絡みつき、物音を封じこめ、揺り椅子の動きをとめる。街は生い茂る熱帯樹林《ジャングル》に呑みこまれる。廃屋や草ぼうぼうの街路を野生の獣が、手に負えないのやら気まぐれなのやら、閉めだしもならず理解もできない牝の虎や牝のチンパンジーやらが徘徊《はいかい》する。熱帯樹林《ジャングル》としての世界認識はトンプソンの心を癒し、やがて家は燃えるのをやめた。（『太陽の街』152）

雪景色にしても熱帯樹林にしても、水分だらけですから「みんな水の中」と感じさせてくれる情景です。『少女ソフィアの夏』では水の喜びが率直に表明されています。


水のシャワーが岩にはじけ、かわききっていた苔が、まるで煙のように吹きとんだ。

「水！　水！」

ソフィアが歓声をあげた。ぐんぐん脈打ち、はちきれそうなほど水を流しているホースを、ソフィアは、ずぶぬれになりながら、おそるおそるだきしめ、水が流れていくのを身体《からだ》で感じていた。これでやっと、クレマーティスも、ネッリッ・モーセルも、フリージアも、フリティッラーリアも、オセロも、マダム・ドゥルチキも、ツツジもレンギョウも、水にありつけるのだ！　ソフィアは、噴きあげられた水が、島の空中に弧をえがいて、干あがった水槽に流れこむのを見たのだった。

「水！」

ソフィアがさけんだ。そしてポプラを見に走り、待ちこがれていたものをついに見つけた。根から緑の脇芽が吹きだしていた。そのとき、雨が降ってきた。あたたかいどしゃ降りだった。

これで島は、二重に祝福を受けたのだ。（『少女ソフィアの夏』203）

トーベの自然への畏敬の念や自然との関わり方も語られています。『少女ソフィアの夏』では、島の生命力がつぎのように表現されています。

多島海域でも本土沿岸の緑ゆたかな島に住む人たちは、気の毒にも、ごくふつうの庭に満足して、子どもには草とりをやらせ、自分は腰を痛めながら水くみをしている。ところが海の小島なら、自分のめんどうは自分でみる。雪どけ水をすい、春の冷たい雨を受けたあと、ようやく夜露に恵まれる。乾燥期に見舞われても、来年の夏を待って花をつける。小島の植物だから、慣れたものだ。根の中でしずかに〝時〟を待っている。（『少女ソフィアの夏』188）

さらに生態系に配慮しながら自然と付きあわなければいけないことが、『彫刻家の娘』で表明されます。

わたしたちはキノコをたくさんつむが、手当たりしだいというわけではない。キノコ狩りにもやりかたがある。何百年も昔からずっと、キノコは冬の朝食に欠かせない大切な食べものだ。魚とおなじほど大切だといってもいい。どのキノコにもあるふしぎな菌糸をたやさないよう、キノコの生える場所を、つぎの世代の人のためにも、とっておかなければならない。夏のあいだに家族の食料を手に入れること、自然をうやまうこと、このふたつは市民としての義務だ。

（『彫刻家の娘』79）

ところで彗星が襲来したり、宝石など鉱物がよく出てきたり、島を愛したりと、トーベには「石好き」の一面もあります。石好きかつニューロマイノリティとしての特性が強かった宮沢賢治や石牟礼《いしむれ》道子との共通点と言えそう（このふたりに関しては、私の著書『創作者の体感世界——南方熊楠から米津玄師まで』をご覧ください）。トーベは長編エッセイ『島暮らしの記録』で、つぎのように書いています。

わたしは石を愛する。海にまっすぐなだれこむ断崖、登れそうにない岩山、ポケットの中の小石。いくつもの石を地中から剝ぎとってはえいやと放りなげ、大きすぎる丸石は岩場を転がし、海にまっすぐ落とす。石が轟音とともに消えたあとに、硫黄の酸っぱい臭いが漂う。築くための石、またはたんに美しい石を探す。モザイク細工、砦、テラス、支柱、煙突、もっぱら構築するのが目的の壮大かつ非実用的な構築物のために。秋には海がさらってしまう桟橋を築く。それならといっそう工夫を凝らして築いた桟橋も、やはり海は根こそぎさらっていく。（『島暮らしの記録』7）

『誠実な詐欺師』にも石に関する印象的な場面があります。カトリと弟のマットが、花のような姿をした岩を発見するのです。

カトリは頭を振り、しばらくして言った。「あそこの岩を見て。花みたいでしょう?」二人は春の訪れとともに海から顔を出した大きな岩を眺めた。どれも水位の下がりつつある氷との対比で真黒に見え、そのまわりには氷の大きな花弁がはりついている。カトリの言うとおりだった。まさしく花のようだ。遠くへ遠くへと続く暗い色の花が長い影を氷の上に落としている。沈みゆく太陽が金色にきらめく氷の道を二人の足もとに投げかける。(『誠実な詐欺師』155–156)

トーベのおとな向けの作品を読んでいると、ムーミン・シリーズと比較できる叙述はいくらでも見つかってきて、ドキドキソワソワしてしまいます。でも落穂拾いとしては、このあたりで充分かなと思います。

コラム

# 大人のテーマが描かれている(ようにぼくには思える)ムーミン・シリーズ

二村ヒトシ（AV監督・文筆家）

本書で横道さんが実践されている当事者批評にならって、ぼくも「一般的な読みかたとちがうかもしれないけれど、自分にはこう見えている」という話をします。

子どものころから『ムーミン』の小説と旧訳のコミックスを、のんきで不道徳でスラップスティック（どたばた喜劇）的で、ぶきみで奇妙な読みものとして愛してきました。ムーミンは、ぼくにとって水木しげるの妖怪まんがや、杉浦茂のまんが（ご存知でないかた、ぜひ検索してみてください）と近いものだったのです。

こまっしゃくれた子どもで、わかりやすい童話や道徳的な童話では食いたりなかったのでした。さらに多動のADHD気質で運動音痴でもあった自分が、自分が人から見て奇妙であり、ぶきみがられる子どもだとはっきり自覚していて、ムーミン谷の住人たちに親近感をいだいていました。

そして大人になってセックスや恋愛について考えることを職業にしてみると、まさに『ムーミン』には大人のぼくが関心ある多くのテーマが、ふかく描かれていたことに気づきます。

たとえば、みんな大好きスナフキン。彼はどうしてあんなに誰からもモテるのか。横道さんがご指摘のようにスナフキンが成熟したニューロマイノリティであるからというだけでなく、ぼくには彼に回避性の愛着障害傾向があるからだろうと感じられるのです。一見とても愛情ゆたかに見える彼は、じつは「自分の自由」以外のものは何も愛してない、というより愛することができない。愛してくれる他者を「自分の自由を奪いかねないもの」として、おそれている。

そんなスナフキンの心情が活写されているのが『ムーミン谷の仲間たち』の「春のしらべ」であるように思えるのですが、そう思えてしまうのは、まちがいなくぼく自身に回避性愛着障害の傾向があるからでしょう（ぼくはスナフキンみたいにかっこよくありませんが）。


ぶきみといえばモランです。やさしいムーミンママにすら「モランと話してはいけないし、誰かとモランの話をしてもいけません」と言われてしまう、かなしい、みにくい女。なにしろ『たのしいムーミン一家』で初登場したときの印象が悪すぎたモランは、おさびし山の死の魔女だとされていました。

モランという名はモラル、つまり道徳のメタファーだから同性愛者であるトフスランとビフスランを迫害するのだという横道さんの解釈を聞くと、ぼくとしては現代のモランは無辜のセックスワーカーやポルノ表現を攻撃する人々だと思わざるをえません。でも、その人々にとってはこっちがモランなのでしょう。ムーミンママでなくとも、人は理解できなくて自分に害をなすと思える存在とは、話をしないことで心の安定をたもとうとするものです。

ところが、われらのムーミントロールは『ムーミンパパ海へいく』で、自分がもしもモランだったらと想像をたくましくし、やがてモランと対面し、ことばではない対話をつづけることで彼女の氷の魔力を溶かすのです。この展開には仰天しました。

『ムーミン谷の十一月』がトーベのファンサービスだという話（本書p.120）に、すこし補足をさせてください。ぼくは『十一月』でムーミン屋敷につどう客たちは、かつてムーミン谷に心を遊ばせていた世界中の子どもたちが、大人になり果ててしまったすがただと思うのです。

ムーミンパパにはなれなかった（まあムーミンパパだって、ろくな父親ではなかったことが『海へいく』で明らかになってるのですが）つまらないマジョリティ男性、自己嫌悪まみれのいばりんぼうがヘムレンさんです。つまり、ぼくです。認知症で、いま自分がいる場所とムーミン谷の区別がつかなくなったのがスクルッタ老人です。つまり、すぐ未来のぼくです。死ぬ直前にムーミン谷にいる夢を一瞬みられたらいいなと思います。

ミムラねえさんとフィリフヨンカは、例によってトーベ自身の性質がふたつに引き裂かれた分身でしょうが、それぞれ現代の大人の独身女性の極端なすがたのようにぼくには思えます。

ミムラは自分がミムラであることを全身で楽しんでいて、つまりそれは「エッチなことも上手に楽しめる人」ってことなんだろうと、ぼくは解釈してしまいます。一方フィリフヨンカはまじめすぎて神経質で生きづらい、ミムラとスナフキンがダンスを楽しんでいるときにやぼな演説を始めてしまうような人です。そして、言ってみればモブキャラ（その他おおぜい）です。ところが彼女はスナフキンが忘れていったハーモニカにふと手をのばし、その後何時間も何時間もハーモニカを吹くことに熱中し、孤独なまま、われを忘れて心から楽しんだのでした。

ぼくは横道さんのムーミン読書会の前に、猫町倶楽部という読書会コミュニティでの小説版ムーミンを読む会（2021.11～2023.2）にもでていたのですが、そちらに参加していたある女性が「スナフキンはハーモニカをわざと残していったのだろう。意外とスナフキンはフィリフヨンカに恋していて、ところが最後にフィリフヨンカにふられたのではないか」と解釈されたのを鮮烈におぼえています。これは、とくにスナフキンのファンにとっては受けいれがたい読みかもしれません。しかし言われてみれば、たしかにそういうふうにも読めるのです。

同じ女性は『海へいく』でのムーミントロールとモランの関係も「恋愛だった（！）のではないだろうか。ムーミントロールはスノークのおじょうさんとは恋に恋するような子どもっぽい恋愛をしていたが、モラン相手には、理解できそうにない他者だからこそ惹かれて寄りそうという、衝動的だけれど恋愛の本質をついた恋愛をしたのではないか」とも語ってくれました。

あらゆる「その人にしか読めない独自の読み」は当事者批評なのだと、ぼくは思います。

# おわりに

最後に、いくつかの補足をして、本書を閉じることにします。

この本ではムーミン・シリーズを通して、ニューロマイノリティの自閉世界がどんなに豊かなものか、また互いに自由や孤独を認め合う環境がいかに大切かを書いてきました。そのような環境ではニューロマイノリティの人たちが安心して居場所を見つけ、才能を発揮することができます。読者が本書から得た知識をもとにして、ニューロダイバーシティについて理解を深めてくださったら幸いです。１９１４年生まれのトーベが、誰もが自由な生き方をできる社会を理想とし、時代に先んじた考えをもっていたこと、ニューロマイノリティの観点からムーミン・シリーズを考えると、トーベの才能の素晴らしさがより多面的に理解できることを、本書が伝えられていたら、ほんとうにうれしいです。

ところで、みなさんがニューロマイノリティの特性についてある程度ご存じでしたら、そもそも私たちニューロマイノリティに文学作品をまともに理解できる力があるのだろうか、と疑問に思う人もいるかもしれません。というのも、ニューロマイノリティに関しては他者の視点に立って物事を考える能力（「心の理論」と呼ばれています）が欠落していると論じられてきた歴史があるのです。他者をおもんぱかる「想像力の障害」という表現が用いられることも多々ありました。トーベがニューロマイノリティだとしたら文学作品を理解することも創作することもできなかったはずだ、そして私がニューロマイノリティなら文学論は不可能なはずだ。そう思ってしまう読者もいることでしょう。

私としてはまず、この「心の理論」の欠如という議論は最近になって、根本的に更新されるようになっていることを指摘しておきたいです。イギリスの社会心理学者ダミアン・ミルトンが提唱した「二重共感問題」（ダブル・エンパシー・プロブレム）という仮説に支持が集まっています。ニューロマイノリティが他者の心を理解するのが難しいのは、認知の仕組みが大きく異なるニューロマジョリティを相手としているからで、ニューロマイノリティ同士だと同質性が高いから相手の心の動きを理解しやすいこと、またニューロマジョリティも実際にはニューロマイノリティの心を理解しづらいのに、その事態を正確に把握することをせずに、多数派から見て少数派の「障害」と見えるものに注目してきたのだ、という考え方が力を持つようになっているのです。

ニューロマイノリティが人の心を理解できないという言説は、解体されつつあるということになります。さらに、文学研究者のラルフ・ジェームズ・サヴァリーズはニューロマイノリティがどのように小説を読むかという調査をおこなって、そのエスノグラフィー（調査記録）を本として刊行しました。そこではニューロマイノリティが、ニューロマジョリティとはちょっと異なった仕方ではあっても、自分たちなりに文学作品を理解できることがたっぷりと示されています。その本でニューロマイノリティの世界で最大のオピニオン・リーダーと言えるアメリカの動物学者テンプル・グランディンなんかは、意外なくらい保守的な文学理解をしていることも明らかになりました。

もうひとつ、読者のみなさんに理解してもらいたいのは、「スペクトラム」や「グレーゾーン」といった概念に関わる事柄です。ロイ・リチャード・グリンカーは『誰も正常ではない』という本で、「ＤＳＭ－５の著者を含め研究者たちは、一〇年以上前に自閉症に関して起こったように、主要な診断をスペクトラム障害（統合失調症スペクトラム障害、双極スペクトラム障害、強迫スペクトラム障害など）としてとらえ直すようになってきた」と指摘しています（グリンカー 2022: 426）。ＤＳＭ－５とは、精神疾患の診断基準を与える『精神疾患の診断・統計マニュアル』第５版のことです（のちにＤＳＭ－５－ＴＲ、つまり『精神疾患の診断・統計マニュアル』第５版追加修正版も刊行されています）。

グリンカーが指摘するように、最近ではいくつもの精神疾患に「スペクトラム」の概念が導入されるようになってきています。つまり、ある人が精神疾患を罹患しているかどうかという問題は、はっきり白か黒かと分けられるわけではなくて、曖昧さを持ったグラデーション状の問題で、精神科医はそれをしっかりと読みとく必要があるということになります。精神科医の北村俊則による『精神に疾患は存在するか』も、精神疾患の症状に関する数量的データは、連続量的分布を示していることを強調していて、「スペクトラム」に関する上記の考え方を裏打ちしています。

正常──精神疾患がない状態──と異常──精神疾患がある状態──の差異は、もはや質的差異というよりも、量的差異にもとづいて判断されるようになっています。ニューロマイノリティに関して、この実態を明らかにする調査が日本でなされたことがあります。精神科医の神尾陽子は、日本全国の小中学校の通常学級に通う子ども2万2529人を対象として、65項目からなる親による評定のための質問紙を使い、対人コミュニケーション症状を中心とするニューロマイノリティの特性の分布を調査し、結果を2013年に報告したのです。結果として、ニューロマイノリティの特性は、大多数のニューロマイノリティの特性をほとんど持たない児童（ニューロマジョリティと考えられる集団）から、ニューロマイノリティの特性を強く有するごく少数の児童まで、なだらかな連続性を示していて、ふたつのグループを区別する溝のようなものは見られず、診断基準には完全に一致しない、つまり診断には至らない程度にニューロマイノリティの特性を持った多数の子どもが「グレーゾーン」として存在することが明らかにされました（岡／神尾 2020: 43-44）。

すでに記したことですが、改めて書いておきましょう。ニューロマイノリティの特性を持っていても、安心かつ安全に生活していける環境が整えられることによって、健康を維持することができれば、ニューロマイノリティは必ずしも「自閉スペクトラム症者」や「自閉スペクトラム児」にならずに生きることができます。おそらくトーベはこのような「グレーゾーン」の位置にいるニューロマイノリティだったのではないか、と私は思うのです。

加えて私が参考にしたいのは、「サルトグラフィー」という考え方です。精神科医が作品や創作者の生育歴を調査して、創作者に精神疾患の特性を読みとり、それを天才性あるいは創造性の根拠と位置づける学問を「病跡学」(パトグラフィー)といいます。それに対して、創作者に精神疾患の傾向を読みとりながらも、その病態を健康生成(サルトジェネシス)によって抑制できたからこそ、創作者は天才的な創作に成功したのだ、と論じるのがサルトグラフィーという新しい病跡学です。語感を踏まえるなら、それは「健跡学」とでも訳せそうです。

精神科医の斎藤環はつぎのように書いています。

さまざまな天才の生涯を眺めてみれば、そこに見えてくるのは必ずしも「病理」の風景ばかりではない。むしろ印象的なのは、彼らが並外れて過酷な環境下においても素晴らしい創造性を発揮し、あるいは偉業を達成し得たという「強靭さ」の側面ではないだろうか。

確かに彼らは、創造行為の中核的動因として、何らかの病理を抱えていたかもしれない。しかしその一方で、きわめて高いレジリエンスを有していた、とも考えられる。中井久夫が病跡学について述べた「不発病の理論」の可能性は、主としてこちらの側にある。本来であ

**れば何らかの精神疾患を発病していたであろう天才が、創造行為に没頭することで発症を免れるという意味からも。**（斎藤 2020: 48）

本書で扱ってきたトーベは、ニューロマイノリティの特性を濃厚に抱えこみながらも、その健康の力によって天才的な創作活動を展開した人だと私は考えました。創作活動をつうじて、ニューロマイノリティの特性に由来する困難に打ちかつだけの健康を実現していたと思うのです。このことを私は最後に改めて強調しておきたいのです。

＊

本書を締めくくるにあたって、本書の内容の出発点になった読書会に参加し、寄稿してくれた畑中麻紀さん、二村ヒトシさん、そしてニューロマイノリティの仲間たちに心からの感謝を表明します。本書を手厚くケアしてくれた編集者の河井好見さん、素晴らしい装丁を担当してくれた佐藤亜沙美さん、魅力的な装画を提供してくれたＨＯＨＯＥＭＩさん、丁寧に校閲してくれた平川裕子さん、鷗来堂さん、そしてトーベと、読者のみなさんにも心からの感謝を申しあげる次第です。本書は日本学術振興会の科学研究費助成事業（課題番号23K00460）の研究成果に依拠しているため、これも明記して感謝を示します。

本書に記したのは、あくまでひとりの文学研究を本業とするニューロマイノリティとしての私から見たムーミン・シリーズの解読の痕跡です。セクシャルマイノリティに関する話題も多く出てきましたけれども、ニューロマイノリティとジェンダーやセクシュアリティの問題に興味を持たれたかたは、私の『みんな水の中』や『ひとつにならない』を覗いてくださるとうれしいです。

本書で論じられなかった問題、ムーミン・シリーズの個々の作品にとって非常に重要なトピックというのは、文字どおり山ほどあります。できればみなさんが本書に刺激を受けて、トーベの作品を初めての体験として、あるいは幾度目かの体験として、こよなく楽しんでくださることを全力で願っています。

2024年9月

横道　誠

## トーベ・ヤンソンのムーミン・シリーズ

〈ムーミン全集［新版］1〉『ムーミン谷の彗星』、下村隆一（訳）、畑中麻紀（翻訳編集）、講談社、2019年〔略称『彗星』〕
〈ムーミン全集［新版］2〉『たのしいムーミン一家』、山室静（訳）、講談社、畑中麻紀（翻訳編集）、2019年〔略称『一家』〕
〈ムーミン全集［新版］3〉『ムーミンパパの思い出』、小野寺百合子（訳）、畑中麻紀（翻訳編集）、講談社、2019年〔略称『思い出』〕
〈ムーミン全集［新版］4〉『ムーミン谷の夏まつり』、下村隆一（訳）、畑中麻紀（翻訳編集）、講談社、2019年〔略称『夏まつり』〕
〈ムーミン全集［新版］5〉『ムーミン谷の冬』、山室静（訳）、畑中麻紀（翻訳編集）、講談社、2020年〔略称『冬』〕
〈ムーミン全集［新版］6〉『ムーミン谷の仲間たち』、山室静（訳）、畑中麻紀（翻訳編集）、講談社、2020年〔略称『仲間たち』〕
〈ムーミン全集［新版］7〉『ムーミンパパ海へいく』、小野寺百合子（訳）、畑中麻紀（翻訳編集）、講談社、2020年〔略称『海へいく』〕
〈ムーミン全集［新版］8〉『ムーミン谷の十一月』、鈴木徹郎（訳）、畑中麻紀（翻訳編集）、講談社、2020年〔略称『十一月』〕
〈ムーミン全集［新版］9〉トーベ・ヤンソン『小さなトロールと大きな洪水』、冨原眞弓（訳）、講談社、2020年〔略称『洪水』〕

## トーベ・ヤンソンのその他の作品

〈絵本〉

『さびしがりやのクニット』新版、渡部翠（訳）、講談社、2019年
『それからどうなるの?』新版、渡部翠（訳）、講談社、2019年
『ムーミン谷へのふしぎな旅』新版、渡部翠（訳）、講談社、2019年

〈コミックス〉

『ムーミンまんがシリーズ』全10巻、講談社、1969〜1970年
『ムーミン・コミックス』全14巻、筑摩書房、冨原眞弓（訳）、2000〜2001年

〈長編小説・短編集〉

『彫刻家の娘』、冨原眞弓（訳）、講談社、1991年
『少女ソフィアの夏』、渡部翠（訳）、講談社、1993年
『軽い手荷物の旅——トーベ・ヤンソンコレクション1』、冨原眞弓（訳）、筑摩書房、1995年
『誠実な詐欺師——トーベ・ヤンソンコレクション2』、冨原眞弓（訳）、筑摩書房、1995年
『クララからの手紙——トーベ・ヤンソンコレクション3』、冨原眞弓（訳）、筑摩書房、1996年
『石の原野——トーベ・ヤンソンコレクション4』、冨原眞弓（訳）、筑摩書房、1996年
『人形の家——トーベ・ヤンソンコレクション5』、冨原眞弓（訳）、筑摩書房、1997年

『太陽の街――トーベ・ヤンソンコレクション6』、冨原眞弓（訳）、筑摩書房、1997年
『フェアプレイ――トーベ・ヤンソンコレクション7』、冨原眞弓（訳）、筑摩書房、1997年
『聴く女――トーベ・ヤンソンコレクション8』、冨原眞弓（訳）、筑摩書房、1998年
『メッセージ――トーベ・ヤンソン自選短篇集』、久山葉子（訳）、フィルムアート社、2021年
『旅のスケッチ――トーベ・ヤンソン初期短篇集』、冨原眞弓（訳）、筑摩書房、2014年

〈エッセイ〉

『島暮らしの記録』、トゥーリッキ・ピエティラ（画）、冨原眞弓（訳）、筑摩書房、1999年

## 二次文献

綾屋紗月／熊谷晋一郎『発達障害当事者研究――ゆっくりていねいにつながりたい』、医学書院、2008年
ヴェスティン、ボエル『トーベ・ヤンソン――人生、芸術、言葉』、畑中麻紀／森下圭子（訳）、フィルムアート社、2021年
ヴェルヌ、ジュール『八十日間世界一周』、田辺貞之助（訳）、創元SF文庫、1976年
ヴェルヌ、ジュール『グラント船長の子供たち』全2巻、大久保和郎（訳）、旺文社文庫、1977年
ヴェルヌ、ジュール『十五少年漂流記』改版、波多野完治（訳）、新潮文庫、1990年
ヴェルヌ、ジュール『月世界旅行　詳注版』、W・J・ミラー（注）、高山宏（訳）、ちくま文庫、1999年
ヴェルヌ、ジュール『海底二万里』全2巻、村松潔（訳）、新潮文庫、2012年
ヴェルヌ、ジュール『気球に乗って五週間』改訂新版、手塚伸一（訳）、集英社文庫、2009年
オグデン、トーマス・H『「あいだ」の空間――精神分析の第三主体』、和田秀樹（訳）、新評論、1996年

カルヤライネン、トゥーラ『ムーミンの生みの親、トーベ・ヤンソン』、セルボ貴子／五十嵐淳（訳）、河出書房新社、2014年
岡琢哉／神尾陽子「2―vi．心の問題を抱えやすい発達障害」『「こころの健康教室サニタ」心の健康発達・成長支援マニュアル2020』、2020年（https://sanita-mentale.jp/pdf/support-manual/20200219_10_support-manual-2-6.pdf）
北村俊則『精神に疾患は存在するか』、星和書店、2017年
國分功一郎「類似的他者――ドゥルーズ的想像力と自閉症の問題」、檜垣立哉／小泉義之／合田正人（編）『ドゥルーズの21世紀』、河出書房新社、2019年
グリンカー、ロイ・リチャード『誰も正常ではない――スティグマは作られ、作り変えられる』、高橋洋（訳）、みすず書房、2022年
コッローディ、カルロ『ピノッキオの冒険』、大岡玲（訳）、光文社古典新訳文庫、2016年
サヴァリーズ、ラルフ・ジェームズ『嗅ぐ文学、動く言葉、感じる読書――自閉症者と小説を読む』、岩坂彰（訳）、みすず書房、2021年
斎藤環「坂口恭平：健康生成としての創造（特集 健康生成の病跡学：サルトグラフィの試み）」、精神神経学雑誌＝Psychiatria et neurologia Japonica、2020年（https://journal.jspn.or.jp/jspn/openpdf/1220010047.pdf）
鈴木徹郎「訳者あとがき」、トーベ＝ヤンソン『トーベ＝ヤンソン全集 8 ムーミン谷の十一月』、鈴木徹郎（訳）、講談社、1977年、294-298ページ
高野秀行「ASDはSF的、ADHDは落語的。」、『精神看護』2021年9月号、462-467ページ（https://webview.isho.jp/journal/detail/pdf/10.11477/mf.1689200926）
高畑勲／宮崎駿／小田部羊一『幻の「長くつ下のピッピ」』、岩波書店、2014年
津田尚子「三つの次元におけるつながり体験の相違についての考察」、『関西女子短期大学紀要』第17号、

2007年、11-20ページ
チェッリーニ『チェッリーニ自伝——フィレンツェ彫金師一代記』全2巻、古賀弘人（訳）、岩波文庫、1993年
中丸禎子「北欧文学10選・3」、『北欧文学・ドイツ文学　中丸禎子のページ』、2011年（https://www7b.biglobe.ne.jp/~nakamaru_teiko/syohyo/10sen/trollvinter.html）
ハッポネン、シルケ『ムーミン キャラクター図鑑』高橋絵里香（訳）、講談社、2014年
東田直樹『自閉症の僕が跳びはねる理由——会話のできない中学生がつづる内なる心』、エスコアール出版部、2007年
ブラウンズ、アクセル『鮮やかな影とコウモリ——ある自閉症青年の世界』、浅井晶子（訳）、インデックス出版、2005年
ブラッドベリ、レイ『スは宇宙《スペース》のス』、一ノ瀬直二（訳）、創元SF文庫、1971年
ベケット、サミュエル『ゴドーを待ちながら』、安堂信也／高橋康也（訳）、白水Uブックス、2013年
ホーナイ、カレン『自己実現の闘い——神経症と人間的成長』、対馬忠（監修）、藤沢みほ子／対馬ユキ子（訳）、アカデミア出版会、1986年
Milton/Damian, "On the ontological status of autism: the 'double empathy problem'", Disability & Society, 27(6), 883-889（https://doi.org/10.1080/09687599.2012.71008）
横道誠『みんな水の中——「発達障害」自助グループの文学研究者はどんな世界に棲んでいるか』、医学書院、2021年
横道誠『ひとつにならない——発達障害者がセックスについて語ること』、イースト・プレス、2023年
横道誠『創作者の体感世界——南方熊楠から米津玄師まで』、光文社新書、2024年
村中直人「『成熟した発達障害成人像』からニューロダイバーシティを考える」、横道誠／青山誠（編著）『ニューロマイノリティ——発達障害の子どもたちを内側から理解する』、北大路書房、2024年

**横道誠**（よこみち・まこと）

京都府立大学文学部准教授。文学博士。専門は文学・当事者研究。1979年、大阪府生まれ。40歳で自閉スペクトラム症、ADHDと診断され、発達障害当事者自助グループの活動も精力的に行う。自助グループで「ここはムーミン谷だ！」と思ったのが本書執筆のきっかけとなった。

単著に『みんな水の中』（医学書院）、『イスタンブールで青に溺れる』（文藝春秋）、『ひとつにならない』（イースト・プレス）、『グリム兄弟とその学問的後継者たち』（ミネルヴァ書房）、『村上春樹研究』（文学通信）、『発達障害の子の勉強・学校・心のケア』（大和書房）、『創作者の体感世界』（光文社新書）、『アダルトチルドレンの教科書』（晶文社）など。共著に『当事者対決！心と体でケンカする』（世界思想社）、『酒をやめられない文学研究者とタバコをやめられない精神科医が本気で語り明かした依存症の話』（太田出版）、編著に『信仰から解放されない子どもたち』（明石書店）、『ニューロマイノリティ』（北大路書房）などがある。